大奥《おおおく》
将軍《しょうぐん》に愛《あい》された女《おんな》たち
春日局《かすがのつぼね》、お万《まん》の方《かた》 ほか

藤咲《ふじさき》あゆな・作
マルイノ・絵

集英社みらい文庫

はじめに――東国《とうごく》に咲《さ》き誇《ほこ》った秘密《ひみつ》の花園《はなぞの》――

東京都千代田区《とうきょうとちよだく》。

現在《げんざい》の皇居《こうきょ》のある場所《ばしょ》が江戸《えど》時代《じだい》、徳川《とくがわ》の本拠《ほんきょ》であった江戸城址《えどじょうし》です。

皇居東御苑《こうきょひがしぎょえん》には大奥《おおおく》を含《ふく》む本丸御殿《ほんまるごてん》の跡地《あとち》がありますが、現在《げんざい》は跡形《あとかた》もなく、広大《こうだい》な芝生《しばふ》が広《ひろ》がっています。本丸御殿《ほんまるごてん》は表《おもて》、中奥《なかおく》、大奥《おおおく》の三《みっ》つの空間《くうかん》から成《な》り立《た》っていると言《い》われ、大奥《おおおく》は天守閣《てんしゅかく》の南側《みなみがわ》に位置《いち》していたのですが、すごいのがその広《ひろ》さで、本丸御殿《ほんまるごてん》の半分《はんぶん》以上《いじょう》の面積《めんせき》を占《し》めていました（54ページの図《ず》を参照《さんしょう》してください）。

江戸城《えどじょう》を建《た》てたのは戦国時代初期《せんごくじだいしょき》の武将《ぶしょう》・太田道灌《おおたどうかん》。秀吉《ひでよし》の時代《じだい》には、湿地《しっち》に囲《かこ》まれた田舎《いなか》の城《しろ》になっていたのを、「小田原攻《おだわらぜ》め」ののち、秀吉《ひでよし》の命令《めいれい》で江戸《えど》へ入《はい》った家康《いえやす》が、広大《こうだい》な関東《かんとう》を治《おさ》める徳川《とくがわ》にふさわしい城《しろ》にと増改築《ぞうかいちく》に着手《ちゃくしゅ》したのです。

二代目《だいめ》の秀忠《ひでただ》のときに本丸《ほんまる》がほぼ完成《かんせい》し、表向《おもてむき》と奥向《おくむき》の境界線《きょうかいせん》がはっきりと示《しめ》されたそうです。表向《おもてむき》は将軍《しょうぐん》の政庁《せいちょう》、奥向《おくむき》は正室《せいしつ》や側室《そくしつ》、子《こ》どもたちが暮《く》らすプライベート空間《くうかん》で、大奥《おおおく》はのちに「男子禁制《だんしきんせい》」とされ、出入《でい》りできる男性《だんせい》は将軍《しょうぐん》ひとりでした。

ですが、大奥《おおおく》はいわゆるハーレムとは違《ちが》います。実《じつ》は、大奥《おおおく》は世界《せかい》でも稀《まれ》に見《み》る異質《いしつ》な機関《きかん》で、将軍《しょうぐん》のお世継《よつ》ぎを産《う》み、育《そだ》てることを最大《さいだい》の目標《もくひょう》としていました。

二十一世紀《せいき》の今《いま》に比《くら》べて、江戸時代《えどじだい》の女性《じょせい》は短命《たんめい》で早婚《そうこん》、そして子《こ》だくさん。医療《いりょう》が発達《はったつ》していなかったため、妊産婦《にんさんぷ》と乳幼児《にゅうようじ》の死亡率《しぼうりつ》が高《たか》く、無事《ぶじ》に生《う》まれても育《そだ》つかどうか危《あや》ぶまれていたのです。

そのようなことを頭《あたま》の隅《すみ》に置《お》きながら、この本《ほん》を読《よ》み進《すす》めてみてください。

本書《ほんしょ》では江戸時代初期《えどじだいしょき》に、第《だい》三代将軍《だいしょうぐん》・家光《いえみつ》の乳母《うば》となり、大奥総取締《おおおくそうとりしまり》となった「春日《かすがの》局《つぼね》」をはじめ、尼僧《にそう》から家光《いえみつ》の側室《そくしつ》になった「お万《まん》の方《かた》」、罪人《ざいにん》の娘《むすめ》から第《だい》四代将軍《だいしょうぐん》・家《いえ》綱《つな》の生母《せいぼ》となった「お楽《らく》の方《かた》」、お万《まん》の方《かた》の部屋子《へやこ》から第《だい》五代将軍《だいしょうぐん》・綱吉《つなよし》を産《う》むに至《いた》った「お玉《たま》の方《かた》」など、過酷《かこく》な運命《うんめい》に翻弄《ほんろう》された女性《じょせい》たちの物語《ものがたり》を収録《しゅうろく》しました。

三百年近《びゃくねんちか》く続《つづ》いた江戸時代《えどじだい》。徳川家《とくがわけ》を頂点《ちょうてん》とする天下泰平《てんかたいへい》の世《よ》は、彼女《かのじょ》たちのおかげで続《つづ》いたと言《い》っても過言《かごん》ではありません。

どうぞ、彼女《かのじょ》たちの戦《たたか》いをじっくりと見届《みとど》けてください。

藤咲《ふじさき》あゆな

目次《もくじ》

大奥《おおおく》 将軍《しょうぐん》に愛《あい》された女《おんな》たち 春日局《かすがのつぼね》、お万《まん》の方《かた》ほか

大奥《おおおく》 将軍《しょうぐん》に愛《あい》された女《おんな》たち

春日局《かすがのつぼね》、お万《まん》の方《かた》 ほか

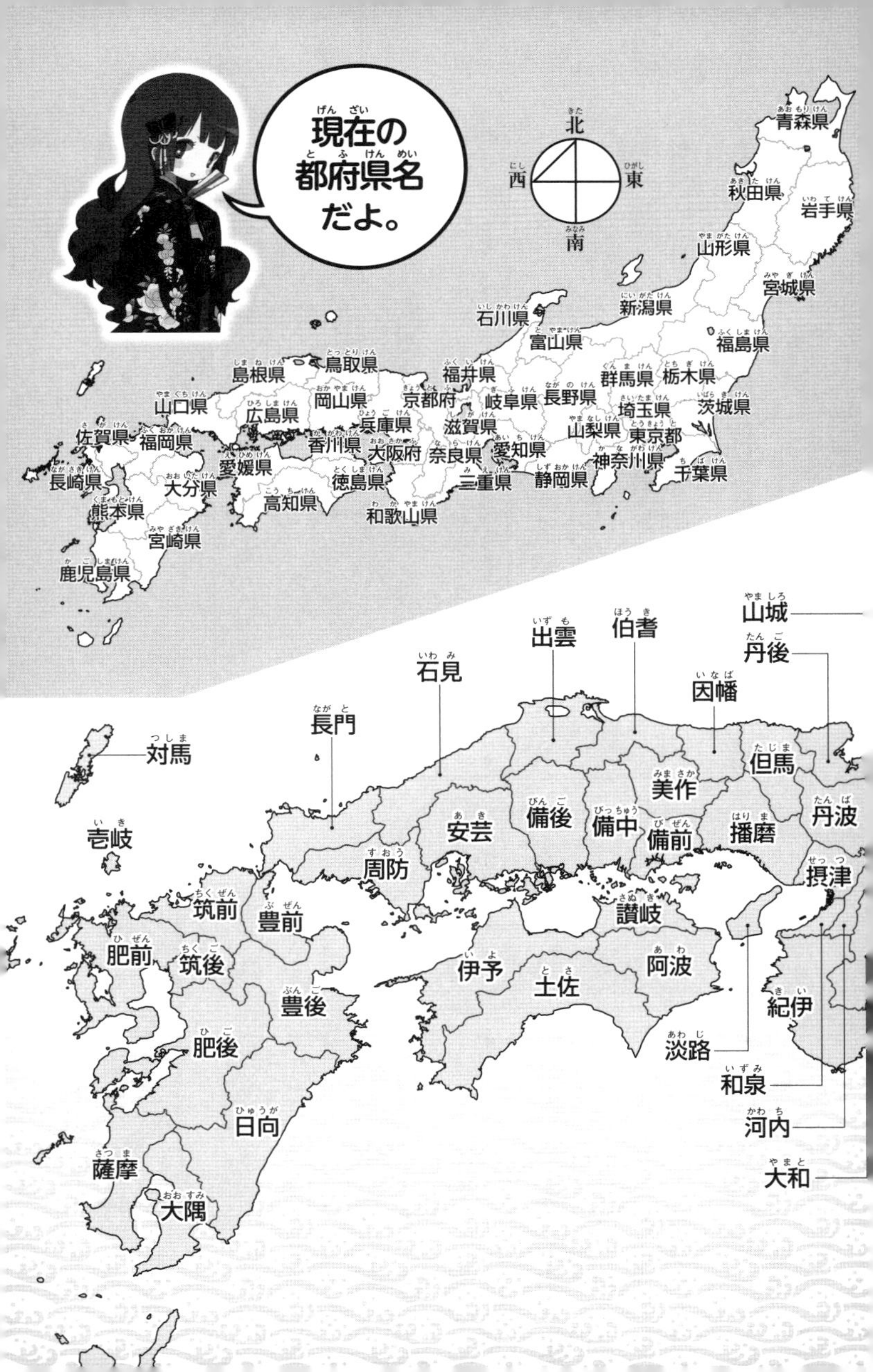

現在《げんざい》の都府県名《とふけんめい》だよ。
北《きた》
西《にし》
東《ひがし》
南《みなみ》
青森県《あおもりけん》
秋田県《あきたけん》
岩手県《いわてけん》
山形県《やまがたけん》
宮城県《みやぎけん》
新潟県《にいがたけん》
石川県《いしかわけん》
富山県《とやまけん》
福島県《ふくしまけん》
鳥取県《とっとりけん》
島根県《しまねけん》
福井県《ふくいけん》
群馬県《ぐんまけん》
栃木県《とちぎけん》
山口県《やまぐちけん》
広島県《ひろしまけん》
岡山県《おかやまけん》
京都府《きょうとふ》
岐阜県《ぎふけん》
長野県《ながのけん》
埼玉県《さいたまけん》
茨城県《いばらきけん》
佐賀県《さがけん》
福岡県《ふくおかけん》
兵庫県《ひょうごけん》
滋賀県《しがけん》
山梨県《やまなしけん》
東京都《とうきょうと》
香川県《かがわけん》
大阪府《おおさかふ》
奈良県《ならけん》
愛知県《あいちけん》
神奈川県《かながわけん》
愛媛県《えひめけん》
長崎県《ながさきけん》
大分県《おおいたけん》
徳島県《とくしまけん》
三重県《みえけん》
静岡県《しずおかけん》
千葉県《ちばけん》
熊本県《くまもとけん》
高知県《こうちけん》
和歌山県《わかやまけん》
宮崎県《みやざきけん》
鹿児島県《かごしまけん》
山城《やましろ》
出雲《いずも》
伯耆《ほうき》
丹後《たんご》
石見《いわみ》
因幡《いなば》
長門《ながと》
対馬《つしま》
但馬《たじま》
美作《みまさか》
備後《びんご》
備中《びっちゅう》
備前《びぜん》
播磨《はりま》
丹波《たんば》
安芸《あき》
壱岐《いき》
周防《すおう》
摂津《せっつ》
筑前《ちくぜん》
豊前《ぶぜん》
讃岐《さぬき》
肥前《ひぜん》
筑後《ちくご》
伊予《いよ》
土佐《とさ》
阿波《あわ》
紀伊《きい》
豊後《ぶんご》
肥後《ひご》
淡路《あわじ》
和泉《いずみ》
日向《ひゅうが》
河内《かわち》
薩摩《さつま》
大和《やまと》
大隅《おおすみ》

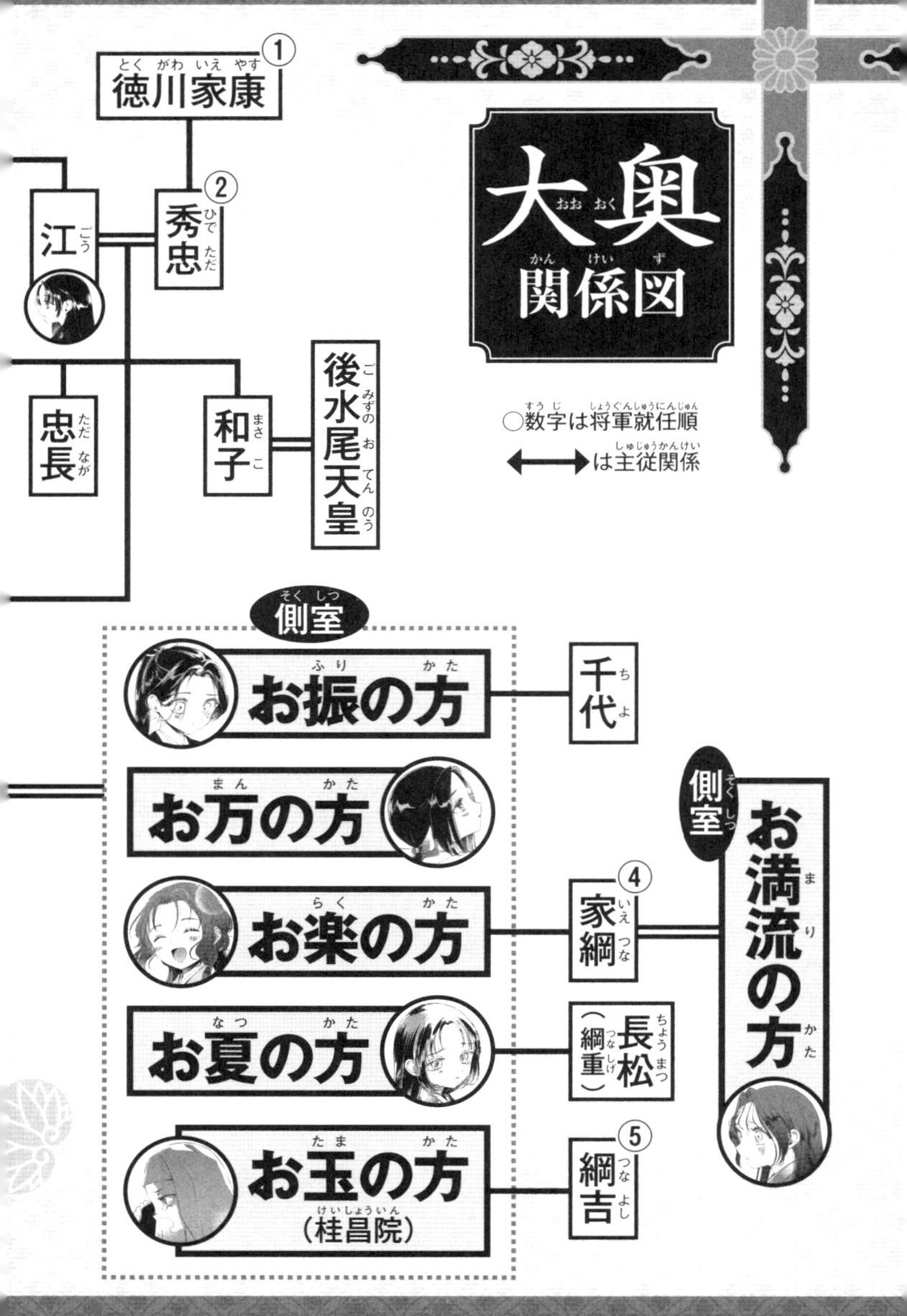
大奥《おおおく》
関係図《かんけいず》
○数字《すうじ》は将軍就任順《しょうぐんしゅうにんじゅん》
⟷は主従関係《しゅじゅうかんけい》
①徳川家康《とくがわいえやす》
②秀忠《ひでただ》
江《ごう》
忠長《ただなが》
和子《まさこ》
後水尾天皇《ごみずのおてんのう》
側室《そくしつ》
お振《ふり》の方《かた》
千代《ちよ》
お万《まん》の方《かた》
お楽《らく》の方《かた》
④家綱《いえつな》
お夏《なつ》の方《かた》
長松《ちょうまつ》（綱重《つなしげ》）
お玉《たま》の方《かた》（桂昌院《けいしょういん》）
⑤綱吉《つなよし》
側室《そくしつ》
お満流《まり》の方《かた》

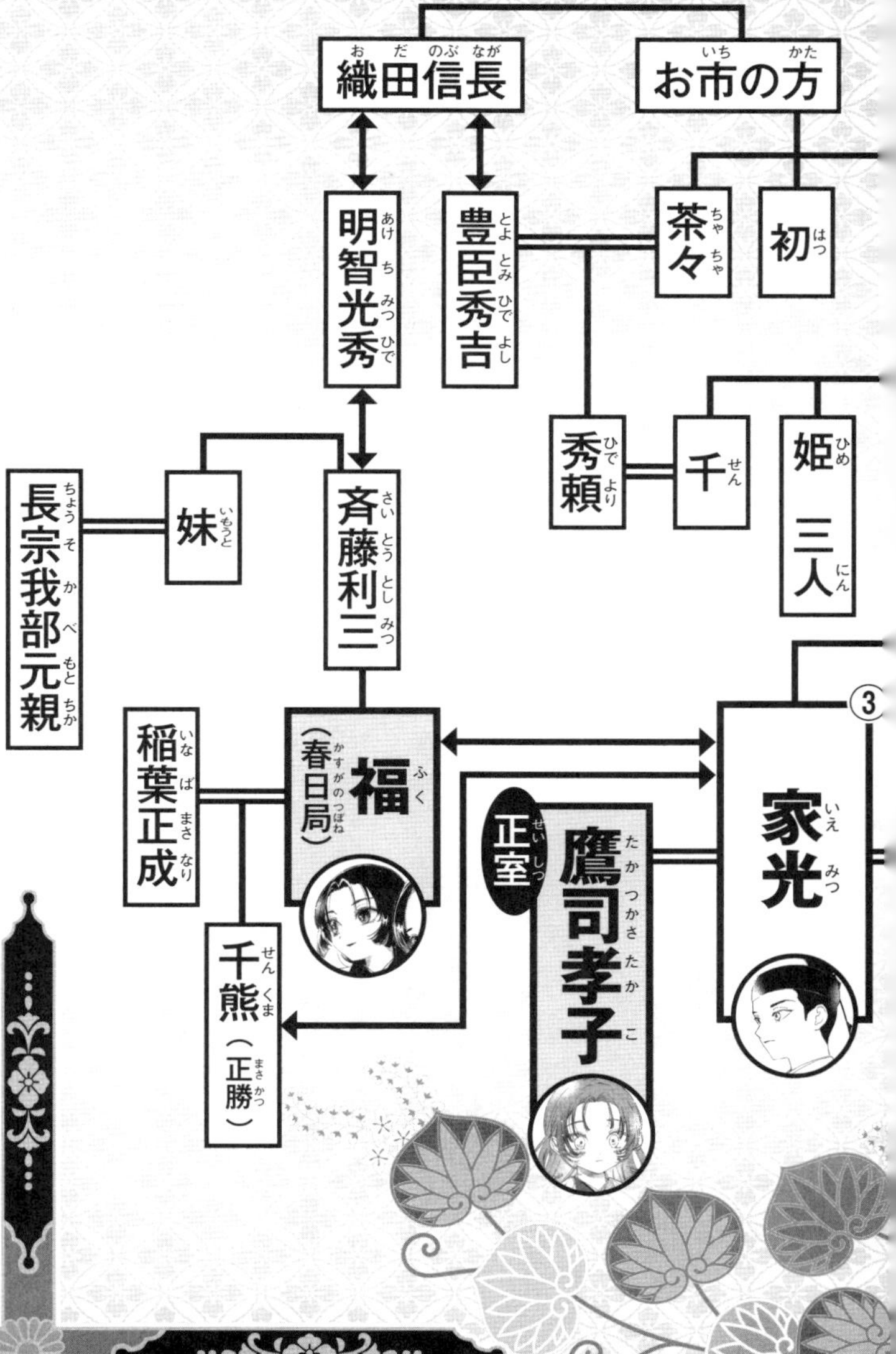

織田信長《おだのぶなが》
お市《いち》の方《かた》
明智光秀《あけちみつひで》
豊臣秀吉《とよとみひでよし》
茶々《ちゃちゃ》
初《はつ》
秀頼《ひでより》
千《せん》
姫《ひめ》三人《にん》
長宗我部元親《ちょうそかべもとちか》
妹《いもうと》
斉藤利三《さいとうとしみつ》
稲葉正成《いなばまさなり》
福《ふく》
（春日局《かすがのつぼね》）
千熊《せんくま》
（正勝《まさかつ》）
正室《せいしつ》
鷹司孝子《たかつかさたかこ》
③
家光《いえみつ》

歴史《れきし》には諸説《しょせつ》ありますが、
本書《ほんしょ》ではおもに通説《つうせつ》をもとに
物語《ものがたり》を構成《こうせい》しています。

序章《じょしょう》 ——第五代将軍徳川綱吉の生母《だいだいしょうぐんとくがわつなよしのせいぼ》・桂昌院《けいしょういん》——

「上様《うえさま》のおなーりー」

シャンシャン……と鈴《すず》が鳴《な》り、絢爛豪華《けんらんごうか》な装飾《そうしょく》を施《ほどこ》した襖《ふすま》が両側《りょうがわ》から開《ひら》かれました。

御鈴廊下《おすずろうか》と呼《よ》ばれる畳敷《たたみじ》きの長《なが》い通路《つうろ》の両側《りょうがわ》に、思《おも》い思《おも》いに着飾《きかざ》った女《おんな》たちが三《み》つ指《ゆび》をついて頭《あたま》を下《さ》げています。

その女《おんな》たちの間《あいだ》をゆっくりと歩《ある》いて行《い》くのは、江戸幕府第五代将軍《えどばくふだいごだいしょうぐん》・徳川綱吉《とくがわつなよし》です。

綱吉《つなよし》のあとには、正室《せいしつ》——御台所《みだいどころ》の鷹司信子《たかつかさのぶこ》、側室《そくしつ》・お伝《でん》の方《かた》、そして、尼姿《あますがた》の生母《せいぼ》の桂昌院《けいしょういん》が続《つづ》きました。

（何度見《なんどみ》ても良《よ》い眺《なが》めだわ）

桂昌院《けいしょういん》は第三代将軍《だいさんだいしょうぐん》・家光《いえみつ》の側室《そくしつ》だった女《おんな》です。彼女《かのじょ》は家光《いえみつ》の四男《なん》・綱吉《つなよし》を産《う》み、以前《いぜん》は神田屋敷《かんだやしき》で余生《よせい》を送《おく》っていました。

しかし、延宝《えんぽう》8年《ねん》（1680年《ねん》）5月《がつ》、綱吉《つなよし》の兄《あに》で第四代将軍《だいよんだいしょうぐん》・家綱《いえつな》が後継《あとつぎ》の男児《だんじ》がないまま、逝去《せいきょ》。思《おも》いもかけず、将軍《しょうぐん》の座《ざ》が綱吉《つなよし》に転《ころ》がり込《こ》んできたのです。

そして、綱吉《つなよし》は江戸城《えどじょう》に移《うつ》り、桂昌院《けいしょういん》たちもここ、大奥《おおおく》へ入《はい》ったのでした。

(選《えら》ばれし美《うつく》しい女《おんな》たちを飾《かざ》る美《うつく》しい打掛《うちかけ》、美《うつく》しい簪《かんざし》……。そして、この女《おんな》たちが集《つど》う巨《きょ》大《だい》な大奥《おおおく》……これらはすべて、徳川《とくがわ》の栄華《えいが》を表《あらわ》している。春日局様《かすがのつぼねさま》は、あの世《よ》からご覧《らん》になっているかしら。あなたのおかげで、わたしは将軍生母《しょうぐんせいぼ》という栄誉《えいよ》を手《て》に入《い》れましたよ)

春日局《かすがのつぼね》は家光《いえみつ》の乳母《うば》で、江戸幕府《えどばくふ》がはじまって以来《いらい》、最初《さいしょ》に大奥総取締《おおおくそうとりしまり》となった女《おんな》です。

その権勢《けんせい》は、将軍《しょうぐん》の重臣《じゅうしん》——老中《ろうじゅう》をもしのぐほどだと言《い》われていました。

(あなた様《さま》が陰日向《かげひなた》なく支《ささ》えた徳川《とくがわ》の世《よ》を、あなた様《さま》のことを嫌《きら》っていたわたしがつないでいくとは、なんの運命《うんめい》の皮肉《ひにく》でしょうね)

桂昌院《けいしょういん》はお気《き》に入《い》りの景色《けしき》を眺《なが》めつつ、ふと遠《とお》い目《め》をしました。

(今《いま》の徳川《とくがわ》の姿《すがた》を、あなた様《さま》は江戸《えど》へ下《くだ》ってきたときに想像《そうぞう》できたでしょうか……)

春日局《かすがのつぼね》が江戸《えど》へ来《き》たのは、家光《いえみつ》の祖父《そふ》・家康《いえやす》が将軍《しょうぐん》になって二年目《ねんめ》の年《とし》で、徳川家《とくがわけ》の繁《はん》栄《えい》はまだまだこれから——というときだったのです。

春日局《かすがのつぼね》

――謀反人《むほんにん》の娘《むすめ》から将軍《しょうぐん》の乳母《うば》へ――

慶長《けいちょう》9年《ねん》（1604年《ねん》）春《はる》、山城国《やましろのくに》・京《きょう》――。

「あの話《はなし》、知《し》っています？」

「江戸《えど》で乳母《うば》を探《さが》しているというお話《はなし》？」

「それがね、家康様《いえやすさま》の意向《いこう》で教養《きょうよう》のある京《きょう》の女《おんな》がいいんですって」

「お給金《きゅうきん》はかなり弾《はず》むそうだけど」

京《きょう》の御所《ごしょ》や公家《くげ》の家《いえ》で働《はたら》く女《おんな》たちの間《あいだ》で噂《うわさ》されていたのは、この夏《なつ》に生《う》まれてくる予定《よてい》の、徳川家康《とくがわいえやす》の孫《まご》の乳母《うば》を募集《ぼしゅう》しているという話《はなし》でした。

この場合《ばあい》は乳《ちち》をあげる乳母《うば》の役目《やくめ》のほか、教育係《きょういくがかり》として役《やく》に立《た》つ女《おんな》を探《さが》しているようです。しかし、この話《はなし》に飛《と》びつこうという女《おんな》はなかなか現《あらわ》れません。

「東国《とうごく》に行《い》くのは、ちょっと……ねえ？」

と眉《まゆ》をひそめる者《もの》が多《おお》いからです。

この時代《じだい》、東国《とうごく》は野蛮《やばん》なところだと思《おも》われています。

けれど、この噂《うわさ》を好機《こうき》だと考《かんが》えた若《わか》い女《おんな》がいました。

(私《わたし》は東国《とうごく》など怖《こわ》くはない。だって、それ以上《いじょう》の地獄《じごく》を味《あじ》わってきたのだから)

その女《おんな》——稲葉福《いなばふく》は昨年《さくねん》、男児《だんじ》を産《う》んだばかりで、いまだにあげるほど乳《ちち》が出《で》ます。

それに家康《いえやす》が求《もと》めているという〝教養《きょうよう》のある京《きょう》の女《おんな》〟にも自分《じぶん》は当《あ》てはまる、という自《じ》信《しん》がありました。福《ふく》の母方《ははかた》の縁戚《えんせき》は公家《くげ》の三条西家《さんじょうにしけ》で、子《こ》どもの頃《ころ》……一時期《いちじき》ではありますが、福《ふく》はその家《いえ》で育《そだ》ち、書道《しょどう》、香道《こうどう》、歌道《かどう》など、ひととおりの教育《きょういく》を受《う》けたのです。

(問題《もんだい》になるとしたら、私《わたし》の出自《しゅつじ》だ)

夏《なつ》に生《う》まれる予定《よてい》の家康《いえやす》の孫《まご》とは、家康《いえやす》の後継《あとつぎ》・秀忠《ひでただ》と江《ごう》の夫妻《ふさい》の五人目《にんめ》の子《こ》どもです。

福《ふく》が気《き》になるのは、江《ごう》が〝どう思《おも》うか〟でした。

江《ごう》とは会《あ》ったことはありませんが——。

(……ええい！　ぐじぐじ考《かんが》えるなんて私《わたし》らしくない。とにかく行《い》ってみよう)

福《ふく》は思《おも》い切《き》って、京都所司代《きょうとしょしだい》の板倉勝重《いたくらかつしげ》を訪《たず》ねていきました。

「あの……江戸《えど》で乳母《うば》を探《さが》していると聞《き》いたのですが。もう決《き》まっていますか？　決《き》まっていなければ——」

「決まっておらぬ！　そなた、江戸《えど》へ行《い》けるのか？　行《い》ってもいいのか？　あ、いや、その前《まえ》に乳《ちち》は出《で》るか？」

思《おも》わずといった感《かん》じで身《み》を乗《の》り出《だ》した勝重《かつしげ》に、福《ふく》はうなずきました。

「はい、たっぷりと。私《わたし》は昨年《さくねん》、子《こ》を産《う》んだばかりです」

「そうか、それはよい」

それから福《ふく》が、丹波《たんば》の生《う》まれであること、母方《ははかた》の縁戚《えんせき》である三条西家《さんじょうにしけ》で育《そだ》ったこと、などを話《はな》すと、勝重《かつしげ》は満足《まんぞく》げにうなずきました。

「して、夫君《ふくん》の名《な》はなんという？」

「稲葉正成《いなばまさなり》と申《もう》します」

「ふむ、稲葉殿《いなばどの》……えっ、稲葉殿《いなばどの》？」

稲葉正成《いなばまさなり》は徳川《とくがわ》ではよく知《し》られた名《な》でした。

慶長《けいちょう》5年《ねん》（1600年《ねん》）の「関ヶ原《せきがはら》の戦《たたか》い」にて、西軍《せいぐん》を裏切《うらぎ》った小早川秀秋《こばやかわひであき》の重臣《じゅうしん》です。正成《まさなり》が秀秋《ひであき》を説得《せっとく》したおかげで家康《いえやす》はこの大戦《おおいくさ》に勝利《しょうり》したとも言《い》われています。

しかし、戦《いくさ》の二年後《ねんご》に秀秋《ひであき》が急死《きゅうし》したのち、正成《まさなり》は浪人生活《ろうにんせいかつ》を余儀《よぎ》なくされ、美濃《みの》にこもりきりという噂《うわさ》です。

(生活《せいかつ》に困《こま》ってのことか?)

と思《おも》いつつ、勝重《かつしげ》は言《い》いました。

「そうか、稲葉殿《いなばどの》の奥方《おくがた》なら家康様《いえやすさま》も喜《よろこ》ばれるに違《ちが》いない」

それから、勝重《かつしげ》は詳《くわ》しい書類《しょるい》を作《つく》るため、福《ふく》から細《こま》かいことを聞《き》き取《と》るなどして身辺調査《しんぺんちょうさ》をはじめたのですが、まもなく難問《なんもん》にぶち当《あ》たりました。

福《ふく》の父親《ちちおや》である斎藤利三《さいとうとしみつ》は明智光秀《あけちみつひで》の重臣《じゅうしん》で、「本能寺《ほんのうじ》の変《へん》」にて光秀《みつひで》とともに織田信長《おだのぶなが》を討《う》ったのち、「山崎《やまざき》の戦《たたか》い」で羽柴秀吉《はしばひでよし》(のちに豊臣《とよとみ》)に敗《やぶ》れ、謀反人《むほんにん》として六条河原《ろくじょうがわら》で処刑《しょけい》されていたのです。信長《のぶなが》は、秀忠《ひでただ》の妻《つま》・江《ごう》の伯父《おじ》にあたります。そして、信長《のぶなが》やその妹《いもうと》・お市《いち》の方《かた》が亡《な》くなったあと、江《ごう》は秀吉《ひでよし》の養女《ようじょ》になりました。

つまり、江《ごう》と福《ふく》は「仇《かたき》の家同士《いえどうし》」という関係《かんけい》になってしまうのです。

(ううむ……これは。家康様《いえやすさま》にお伝《つた》えせねば)

家康《いえやす》におうかがいを立《た》てると、「そんなことは気《き》にせずともよい」という返事《へんじ》でした。

こうして、福《ふく》は江戸《えど》へ向《む》かうことになったのですが――。

その前《まえ》に、夫《おっと》・正成《まさなり》が隠遁生活《いんとんせいかつ》を送《おく》っている美濃《みの》へ寄《よ》ることにしたのです。


「――秀吉《ひでよし》め、許《ゆる》せぬ」

京《きょう》の粟田口《あわたぐち》で磔《はりつけ》になった武将《ぶしょう》の姿《すがた》を恐《おそ》る恐《おそ》る見《み》ていた幼《おさな》い福《ふく》の耳《みみ》に、母《はは》・おあんの呻《うめ》くような声《こえ》が聞《き》こえました。

「利三様《としみつさま》をあのような姿《すがた》にしおって……！」

（……おとと様《さま》？　あれは、おとと様《さま》なの？）

視線《しせん》の先《さき》にあるのは、いつもの父《ちち》・斎藤利三《さいとうとしみつ》ではありませんでした。

髪《かみ》はざんばらで顔《かお》は血《ち》の気《け》がありません。秀吉《ひでよし》との戦《いくさ》に敗《やぶ》れた利三《としみつ》は斬首《ざんしゅ》になったのち、主君《しゅくん》・明智光秀《あけちみつひで》とともに首《くび》と胴体《どうたい》をつなげられて磔《はりつけ》になったのです。

これを見《み》ようとたくさんの人々《ひとびと》が押《お》し掛《か》け、皆《みな》、ふたりの無残《むざん》な姿《すがた》をあざ笑《わら》っています。

「主家《しゅか》を裏切《うらぎ》るから、こうなったのだ。いい気味《きみ》だよ」

「しかし、信長様《のぶながさま》がやられたんじゃ、この京《きょう》はどうなる」

「秀吉様《ひでよしさま》が治《おさ》めるんじゃないかい？　仇《かたき》を討《う》ったことだしねえ」

なぜ信長《のぶなが》を討《う》ったのか……光秀《みつひで》の心《こころ》の中《なか》にどのような正義《せいぎ》があったにしろ、こうして負《ま》けてしまってはただの謀反人《むほんにん》です。

「……姫様《ひめさま》、行《い》きましょう」

乳母《うば》が幼《おさな》い福《ふく》を抱《だ》き締《し》め、足早《あしばや》に人《ひと》だかりを抜《ぬ》けました。謀反人《むほんにん》の家族《かぞく》がここにいるとわかれば騒《さわ》ぎになりますし、罵《ののし》られたり石《いし》を投《な》げられたりしたら大変《たいへん》です。

それからは苦難《くなん》の連続《れんぞく》でした。

福《ふく》たち親子《おやこ》は京《きょう》の知《し》り合《あ》いの家《いえ》に身《み》を潜《ひそ》めたのち、四国《しこく》は土佐《とさ》へ渡《わた》りました。土佐《とさ》を治《おさ》める長宗我部元親《ちょうそかべもとちか》の正室《せいしつ》が利三《としみつ》の妹《いもうと》──つまり、福《ふく》の叔母《おば》だったのです。

美《うつく》しい叔母《おば》は福《ふく》たちを快《こころよ》く迎《むか》え入《い》れ、かわいがってくれました。

「明智殿《あけちどの》がもし天下人《てんかびと》になっていたら、斎藤《さいとう》の姫《ひめ》として、あなたは皆《みな》から大事《だいじ》にされたでしょうにね──……」

福《ふく》はハッと我《われ》に返《かえ》りました。

駕籠《かご》に揺《ゆ》られている途中《とちゅう》で、いつのまにかうとうとしてしまったのです。

(昔《むかし》の夢《ゆめ》を見《み》るなど……。先日《せんじつ》、私《わたし》の出自《しゅつじ》を板倉様《いたくらさま》にお話《はな》ししたせいだわ)

それから夢《ゆめ》の中《なか》で聞《き》いた叔母《おば》の言葉《ことば》を思《おも》い出《だ》し、福《ふく》の目頭《めがしら》が熱《あつ》くなりました。

(あの言葉《ことば》が、幼《おさな》い私《わたし》をどんなに慰《なぐさ》めてくれたことか)

六年間《ねんかん》、土佐《とさ》で世話《せわ》になったのち、福《ふく》たちは京《きょう》へ戻《もど》りました。そして、母方《ははかた》の縁戚《えんせき》である公家《くげ》の三条西家《さんじょうにしけ》に身《み》を寄《よ》せ、侍女《じじょ》として働《はたら》いたのです。

どんなにつらいことがあっても、時代《じだい》の流《なが》れが明智《あけち》に味方《みかた》していたら、自分《じぶん》もお姫様《ひめさま》として周《まわ》りから大事《だいじ》にされたのだ——という想像《そうぞう》をして、福《ふく》は乗《の》り越《こ》えてきたのでした。

が、現実《げんじつ》は非情《ひじょう》です。

謀反人《むほんにん》の娘《むすめ》という過去《かこ》が、これから福《ふく》の足《あし》を引《ひ》っ張《ぱ》ることでしょう。

(お江様《ごうさま》と私《わたし》は家《いえ》が仇同士《かたきどうし》。それがわかれば、冷《つめ》たく当《あ》たられるかもしれない……)

ですが、家康《いえやす》は過去《かこ》を承知《しょうち》のうえで、福《ふく》を孫《まご》の乳母《うば》に決《き》めてくれたのです。

(私《わたし》は家康様《いえやすさま》の期待《きたい》に応《こた》えたい。そのために……私《わたし》は家族《かぞく》と離《はな》れる道《みち》を選《えら》ぶ)

美濃《みの》の家《いえ》へ戻《もど》った福《ふく》は夫《おっと》の正成《まさなり》に会《あ》うなり、こう言《い》いました。

「私《わたし》と離縁《りえん》してください」

「……なぜだ？　わしが今《いま》、うだつの上《あ》がらぬ浪人《ろうにん》だからか」

浪人《ろうにん》となった正成《まさなり》は稲葉《いなば》の本拠《ほんきょ》である美濃《みの》に引《ひ》っ込《こ》み、自棄《やけ》になって酒《さけ》と女《おんな》に溺《おぼ》れる日々《ひび》を送《おく》っていました。福《ふく》はそんな夫《おっと》にあきれ、少《すこ》し距離《きょり》を置《お》こうと思《おも》って京《きょう》に出《で》て、知《し》り合《あ》いの家《いえ》に身《み》を寄《よ》せたのです。乳母《うば》の募集《ぼしゅう》を知《し》ったのは、夫《おっと》のことで思《おも》い悩《なや》んでいたときのことでしたので、福《ふく》にとってはちょうどいい機会《きかい》だったのでした。

「あなた様《さま》はもう頼《たよ》りになりませぬゆえ。稲葉家《いなばけ》は私《わたし》が再興《さいこう》いたします」

六歳上《さいうえ》の正成《まさなり》は酒《さけ》に酔《よ》っていましたが、さっと顔色《かおいろ》を変《か》えました。

彼《かれ》は秀吉《ひでよし》のもとで活躍《かつやく》した美濃《みの》の武将《ぶしょう》、稲葉《いなば》一鉄《いってつ》の孫娘《まごむすめ》の婿《むこ》として稲葉家《いなばけ》の一員《いちいん》になったのですが、二男《なん》一女《じょ》をもうけたのち妻《つま》に先立《さきだ》たれました。そこで稲葉家《いなばけ》との縁《えん》をつなぎとめるべく、一鉄《いってつ》の外孫《そとまご》である福《ふく》と再婚《さいこん》したのです。

その福《ふく》から離縁《りえん》を切《き》り出《だ》されたのですから、正成《まさなり》の酔《よ》いが覚《さ》めるのも当然《とうぜん》です。

「私《わたし》は、家康様《いえやすさま》のお孫様《まごさま》の乳母《うば》になるために江戸《えど》へ参《まい》ります」

「前《まえ》から気《き》の強《つよ》い女《おんな》だとは思《おも》っていたが……その目《め》、まるで戦《いくさ》にでも行《い》くようだな」

「はい、これは私《わたし》の……戦《いくさ》にございます」

正成《まさなり》との話《はなし》が済《す》むと、福《ふく》は息子《むすこ》の千熊《せんくま》を急《せ》かしました。

「千熊《せんくま》、あなたも江戸《えど》へ行《い》くのです。支度《したく》をなさい。徳川《とくがわ》からは、あなただけを連《つ》れてくるように言《い》われています。さ、早《はや》く」

「は、はい」

とまどいながらも千熊《せんくま》が急《いそ》いで用意《ようい》をし、そして、ふたりが稲葉家《いなばけ》をあとにしようとしたとき、他《ほか》の子《こ》どもたちが駆《か》け寄《よ》ってきました。

「母上《ははうえ》！　本当《ほんとう》に江戸《えど》へ行《い》ってしまうのですか？」

この家《いえ》の長男《ちょうなん》は正成《まさなり》の亡《な》き先妻《せんさい》が産《う》んだ正次《まさつぐ》です。今《いま》、この正次《まさつぐ》の下《した》に、先妻《せんさい》の娘《むすめ》・まんと、後妻《ごさい》の福《ふく》が産《う》んだ千熊《せんくま》をはじめ三人《にん》の男児《だんじ》がいます。末《すえ》の子《こ》は昨年《さくねん》産《う》んだばかりですが、もう乳《ちち》をやることは叶《かな》いません。

「正次《まさつぐ》、下《した》の子《こ》たちを頼《たの》みます。皆《みな》、兄様《あにさま》の言《い》うことをちゃんと聞《き》くのよ」

「……はい、母上《ははうえ》」

まんが泣《な》きながら福《ふく》にうなずき、腕《うで》に抱《だ》いた赤子《あかご》の顔《かお》を見《み》せてくれました。

「……あなたを置《お》いていかねばならぬ、この母《はは》を許《ゆる》してね」

こうして、涙《なみだ》をこらえつつ福《ふく》は江戸《えど》へ向《む》かったのです。


福《ふく》が江戸《えど》に下《くだ》って、しばらくして――。

7月《がつ》17日《にち》、秀忠《ひでただ》の正室《せいしつ》・江《ごう》が出産《しゅっさん》を終《お》えました。

「ついに男子《おのこ》が！」

「お世継《よつ》ぎじゃ、徳川《とくがわ》のお世継《よつ》ぎがお生《う》まれになりましたぞ！」

待望《たいぼう》の若君《わかぎみ》の誕生《たんじょう》とあって、家中《いえじゅう》の者《もの》たちが喜《よろこ》びで沸《わ》き返《かえ》っています。

若君《わかぎみ》――竹千代《たけちよ》が生《う》まれてまもなく、家康《いえやす》の側室《そくしつ》・お勝《かつ》の方《かた》に連《つ》れられて、江戸城《えどじょう》の西《にし》の丸《まる》に入《はい》った福《ふく》は秀忠夫妻《ひでただふさい》に目通《めどお》りしました。

（これが、お江様《ごうさま》……）

夫《おっと》の秀忠《ひでただ》より六歳上《さいうえ》の江《ごう》は華奢《きゃしゃ》な身体《からだ》つきですが、顔立《かおだ》ちは愛《あい》らしく、ふんわりとした印象《いんしょう》です。秀忠《ひでただ》に側室《そくしつ》がいないので「江《ごう》が嫉妬深《しっとぶか》いからではないか」とか「秀忠《ひでただ》は恐妻家《きょうさいか》らしい」だのと世間《せけん》では噂《うわさ》されていましたが、福《ふく》が見《み》た感《かん》じでは夫婦仲睦《ふうふなかむつ》まじいようです。

ですが、それを微笑《ほほえ》ましくは思《おも》えず、胸《むね》の奥《おく》で、ちり……と微《かす》かな炎《ほのお》が揺《ゆ》らめきました。

（しあわせそうな人《ひと》……）

奇《く》しくも、「本能寺《ほんのうじ》の変《へん》」で運命《うんめい》が変《か》わったふたりが顔《かお》を合《あ》わせたわけですが、福《ふく》は今《いま》、置《お》かれている立場《たちば》の差《さ》に嫉妬《しっと》を覚《おぼ》えたのです。

（私《わたし》は謀反人《むほんにん》の娘《むすめ》として、幼《おさな》い頃《ころ》から日陰《ひかげ》の身《み》で怯《おび》えて生《い》きてきた。この人《ひと》は天下人《てんかびと》だった秀吉公《ひでよしこう》の養女《ようじょ》として育《そだ》てられ、今《いま》は家康様《いえやすさま》の後継《あとつぎ》、秀忠様《ひでただきま》の正室《せいしつ》の座《ざ》に収《おさ》まっている……）

福《ふく》は胸《むね》の奥《おく》で頭《あたま》をもたげた黒《くろ》い感情《かんじょう》を抑《おさ》え込《こ》み、あいさつしました。

「福《ふく》と申《もう》します。竹千代様《たけちよさま》、御誕生《ごたんじょう》、誠《まこと》におめでとうございます。乳母《うば》として精一杯務《せいいっぱいつと》めさせていただきます」

深々《ふかぶか》と頭《あたま》を下《さ》げると、江《ごう》がやさしく「面《おもて》を上《あ》げて」と言《い》いました。

「わたし、あなたが来《く》るのを楽《たの》しみにしていたのよ。京《きょう》でお育《そだ》ちになったと聞《き》いたわ。わたしも上方《かみがた》には長《なが》くいましたから、いろいろとお話《はな》しできるとうれしいわ」

江《ごう》の言葉《ことば》に、福《ふく》はとまどいました。

(私《わたし》が誰《だれ》の娘《むすめ》か知《し》った上《うえ》でおっしゃっているのよね？　やさしさを見《み》せたあと、『仇《かたき》の娘《むすめ》』だからときつく当《あ》たるおつもり……だとか？)

けれど、江《ごう》の瞳《ひとみ》はあくまでも澄《す》んでいて、邪心《じゃしん》があるようには見《み》えません。そうすると今度《こんど》は『仇《かたき》の家同士《いえどうし》』と肩肘《かたひじ》張《は》って江戸《えど》まで来《き》た自分《じぶん》が、急《きゅう》に惨《みじ》めに思《おも》えてきました。

そこへ、ひとりの年老《としお》いた女《おんな》が赤子《あかご》を抱《だ》いてやってきました。秀忠《ひでただ》の乳母《うば》・大姥局《おおうばのつぼね》です。

「竹千代君《たけちよぎみ》、今日《きょう》からあなた様《さま》の乳母《うば》になる、お福殿《ふくどの》ですよ」

福《ふく》は竹千代《たけちよ》を受《う》け取《と》り、しっかりと抱《だ》きました。

ふいに美濃《みの》に置《お》いてきた子《こ》どもたちを思《おも》い出《だ》して涙《なみだ》ぐんでしまいましたが、竹千代《たけちよ》の顔《かお》をよく見《み》るふりをしてうつむき、まばたきをして涙《なみだ》を引《ひ》っ込《こ》めます。

「竹千代君《たけちよぎみ》のことはおまかせくださいませ」

この時代《じだい》、身分《みぶん》の高《たか》い女性《じょせい》は自分《じぶん》の子《こ》であっても、自分《じぶん》の乳《ちち》で育《そだ》てることはありません。赤《あか》ん坊《ぼう》に乳《ちち》をやり、面倒《めんどう》を見《み》るのは乳母《うば》の役目《やくめ》です。

福《ふく》が竹千代《たけちよ》を抱《だ》いて、部屋《へや》を出《で》ようとしたとき、

「あ……」

江《ごう》のせつないつぶやきが聞《き》こえましたが、福《ふく》は聞《き》こえなかったふりをしました。

(竹千代君《たけちよぎみ》は今日《きょう》から私《わたし》がお育《そだ》てするのです。生《う》みの母《はは》以上《いじょう》に愛情《あいじょう》を注《そそ》ぐのは乳母《うば》である私《わたし》……私《わたし》なのよ)

それから数日後《すうじつご》、江戸《えど》へ連《つ》れてきた長男《ちょうなん》の千熊《せんくま》が竹千代《たけちよ》の小姓《こしょう》に抜擢《ばってき》されました。こう言《い》うと聞《き》こえはいいのですが、ようは人質《ひとじち》に取《と》られたのです。

「千熊《せんくま》、若君様《わかぎみさま》の御為《おんため》に、命《いのち》を賭《と》してお仕《つか》えするのですよ」

「はい、母上《ははうえ》」

千熊《せんくま》がうなずいたとたん、福《ふく》は息子《むすこ》を叱《しか》りつけました。

「今日《きょう》からお福様《ふくさま》とお呼《よ》び！　決《けっ》して、母《はは》と呼《よ》んではならぬ！」

千熊《せんくま》は怯《おび》えた顔《かお》をしています。が、ここで甘《あま》い顔《かお》をしてしまっては息子《むすこ》のためになりません。親子《おやこ》であろうと上下関係《じょうげかんけい》は厳《きび》しく教《おし》え込《こ》まねばならないのです。

(千熊自身《せんくまじしん》の出世《しゅっせ》のために……そして、稲葉家《いなばけ》の再興《さいこう》のためにも厳《きび》しくあらねば)

「わ、わかりました……お、お福様《ふくさま》……」

かわいそうなことをしたと思《おも》い、つい抱《だ》き締《し》めたくなりましたが、

(今日《きょう》から私《わたし》の子《こ》は竹千代君《たけちよぎみ》のみ)

福《ふく》はそう自分《じぶん》に言《い》い聞《き》かせ、ぐっと耐《た》えるのでした。

「竹千代君《たけちよぎみ》、たんとお上《あ》がりくださいませね」

福《ふく》は毎日《まいにち》、竹千代《たけちよ》に乳《ちち》を含《ふく》ませました。

「福《ふく》は気《き》が強《つよ》いのです。だから、きっと竹千代様《たけちよさま》も強《つよ》い男子《おのこ》になりますよ」

しかし、心《こころ》を込《こ》めて世話《せわ》をしていても、生《う》まれつきの体質《たいしつ》はどうにもならず、竹千代《たけちよ》は身体《からだ》が弱《よわ》いようで、よく熱《ねつ》を出《だ》しました。生母《せいぼ》の江《ごう》が心配《しんぱい》して見舞《みま》いに来《こ》ようとすると、そのたびに福《ふく》は「お方様《かたさま》に風邪《かぜ》が感染《うつ》ったら大変《たいへん》ですので」と断《ことわ》りました。

これは嫌《いや》がらせではありません。江《ごう》の立場《たちば》を考《かんが》えた上《うえ》での行動《こうどう》です。

(初《はじ》めての男子《おのこ》だからかわいいのはわかる。けれど、心《こころ》を鬼《おに》にせねば)

ですが、江《ごう》の侍女《じじょ》たちには福《ふく》が意地悪《いじわる》をしているようにしか思《おも》えません。

「あの女《おんな》はお方様《かたさま》の伯父上《おじうえ》……信長公《のぶながこう》の仇《かたき》の娘《むすめ》でございますよ」

「明智《あけち》の重臣《じゅうしん》・斎藤利三《さいとうとしみつ》の末娘《すえむすめ》だそうで」

「その利三《としみつ》は秀吉公《ひでよしこう》に討《う》たれました。だから、秀吉公《ひでよしこう》の養女《ようじょ》であるお江様《ごうさま》が憎《にく》いのでは？」

噂《うわさ》は当然《とうぜん》、福《ふく》の耳《みみ》にも入《はい》ってきましたが、

(過去《かこ》はもう関係《かんけい》ない。私《わたし》を雇《やと》ってくださった家康公《いえやすこう》の恩《おん》に報《むく》いるため、私《わたし》は命《いのち》がけで仕《し》事《ごと》をし、竹千代君《たけちよぎみ》に尽《つ》くす覚悟《かくご》……！)

自分《じぶん》に対《たい》する正当《せいとう》な評価《ひょうか》は、あとからきっとついてくると信《しん》じ、気《き》にしないことにしたのでした。

竹千代《たけちよ》が生《う》まれた翌年《よくとし》の慶長《けいちょう》10年《ねん》（1605年《ねん》）4月《がつ》16日《にち》。

秀忠《ひでただ》が京《きょう》の伏見城《ふしみじょう》にて将軍宣下《しょうぐんせんげ》を受《う》け、江戸幕府第二代《えどばくふだい》将軍《だいしょうぐん》に就任《しゅうにん》しました。

家康《いえやす》はまだ存命中《ぞんめいちゅう》ですので、わずか二年《ねん》で代替《だいが》わりしたことは、「将軍《しょうぐん》は世襲制《せしゅうせい》である」と世《よ》に知《し》らしめたも同然《どうぜん》でした。

大坂《おおさか》には太閤秀吉《たいこうひでよし》の遺児《いじ》・豊臣秀頼《とよとみひでより》がおり、大勢《おおぜい》の大名《だいみょう》が支《ささ》えています。

秀吉《ひでよし》の遺言《ゆいごん》を守《まも》り、家康《いえやす》は秀頼《ひでより》に孫《まご》の千姫《せんひめ》（秀忠《ひでただ》と江《ごう》の長女《ちょうじょ》）を嫁《とつ》がせていますが、どうやら秀頼《ひでより》が大《おお》きくなっても政権《せいけん》を豊臣《とよとみ》に返《かえ》すつもりはないようです。

（このままいけば、やはり竹千代君《たけちよぎみ》が第三代将軍《だいだいしょうぐん》に！）

しかし、その翌年《よくとし》の慶長《けいちょう》11年《ねん》（1606年《ねん》）6月《がつ》、竹千代《たけちよ》にとって強敵《きょうてき》となる存在《そんざい》が現《あらわ》れました。江《ごう》がふたたび男児《だんじ》――次男《じなん》の国松《くにまつ》を産《う》んだのです。

「ふたり目《め》の男児《だんじ》が！　なんとめでたい！」

「竹千代様《たけちよさま》は身体《からだ》が弱《よわ》いし……これはひょっとすると、ひょっとするかもしれんぞ」

江戸城《えどじょう》はふたり目《め》の若君誕生《わかぎみたんじょう》に沸《わ》き返《かえ》っています。

（なんてことを言《い》うのかしら、あの方《かた》たちは！）

しかし、彼《かれ》らがそう思《おも》う根拠《こんきょ》も別《べつ》にありました。

「次男《じなん》ならば、わたしの乳《ちち》で育《そだ》ててもよいですか？」

と江《ごう》が秀忠《ひでただ》の許可《きょか》を得《え》て、自分《じぶん》の手元《てもと》で育《そだ》てることにしたからです。

将軍《しょうぐん》の御台所《みだいどころ》が自《みずか》らの乳《ちち》で育《そだ》てているとなれば、秀忠《ひでただ》の国松《くにまつ》に対《たい》する情《じょう》も深《ふか》まり……当《とう》然《ぜん》のようにふたりは国松《くにまつ》を溺愛《できあい》するようになりました。

江《ごう》と秀忠《ひでただ》の仲睦《なかむつ》まじさは相変《あいか》わらずで、翌年《よくとし》の慶長《けいちょう》12年《ねん》（1607年《ねん》）10月4日《がつよっか》、江《ごう》は五人目《にんめ》の姫《ひめ》・松《まつ》を出産《しゅっさん》。三人目《にんめ》の男児《だんじ》が生《う》まれずに済《す》み、福《ふく》は内心《ないしん》ホッとしました。

（竹千代君《たけちよぎみ》の敵《てき》となる存在《そんざい》が増《ふ》えなくてよかった……。でも、もし、また男子《おのこ》が生《う》まれたら、竹千代君《たけちよぎみ》の将来《しょうらい》を脅《おびや》かすかもしれない）

不安《ふあん》に思《おも》った福《ふく》は竹千代《たけちよ》の守役《もりやく》のひとり青山忠俊《あおやまただとし》を誘《さそ》い、渋谷《しぶや》にある金王八幡宮《こんのうはちまんぐう》にお参《まい》りに行《い》きました。忠俊《ただとし》は主《おも》に武芸《ぶげい》を仕込《しこ》む役目《やくめ》を担《にな》っています。

ふたりが願《ねが》うのはもちろん、竹千代《たけちよ》の無事《ぶじ》の成長《せいちょう》と将来《しょうらい》、将軍《しょうぐん》の座《ざ》に就《つ》くことです。

「お福殿《ふくどの》でも神仏《しんぶつ》に願《ねが》うのだな。怖《こわ》いものなしかと思《おも》っていたが」

「私《わたし》は竹千代君《たけちよぎみ》をお守《まも》りするためなら、なんでも致《いた》します。青山殿《あおやまどの》は竹千代君《たけちよぎみ》を立派《りっぱ》な将《しょう》軍《ぐん》にするために、ビシバシ鍛《きた》えてくださいませ」

福《ふく》はそう言《い》い、拝殿《はいでん》に手《て》を合《あ》わせたのでしたが……。

神《かみ》に祈《いの》っても不安《ふあん》は拭《ぬぐ》えず、数年後《すうねんご》、皆《みな》が驚《おどろ》く行動《こうどう》に出《で》たのです。


慶長《けいちょう》16年《ねん》（1611年《ねん》）10月《がつ》、福《ふく》はお伊勢参《いせまい》りに行《い》くことにし、これを聞《き》いた竹千代《たけちよ》はたちまち不安《ふあん》な顔《かお》になりました。

「福《ふく》、旅《たび》に出《で》るのか？　まさか、もう江戸《えど》に戻《もど》ってこないということは……」

「すぐに戻《もど》ってきますゆえ、心配《しんぱい》いりませぬ。竹千代様《たけちよさま》は徳川宗家《とくがわそうけ》を継《つ》ぐ身《み》。福《ふく》のいない間《あいだ》も、守役《もりやく》の皆様《みなさま》のもとでしっかりと武芸《ぶげい》にお励《はげ》みくださいませ」

「……あいわかった」

福《ふく》は竹千代《たけちよ》の肩《かた》に手《て》を置《お》きましたが、うなずいた竹千代《たけちよ》は暗《くら》い顔《かお》をしました。

竹千代《たけちよ》のことが心配《しんぱい》ながらも、福《ふく》は江戸《えど》を出《で》て東海道《とうかいどう》を西《にし》へ進《すす》み――。

(竹千代様《たけちよさま》は最近《さいきん》、暗《くら》い顔《かお》ばかりなさる……お世継《よつ》ぎ問題《もんだい》をなんとかせねば)

江戸《えど》では数年前《すうねんまえ》から、「弟《おとうと》の国松君《くにまつぎみ》が後継《あとつぎ》になるのでは？」という福《ふく》にとって頭《あたま》の痛《いた》い噂《うわさ》が流《なが》れていました。

竹千代《たけちよ》は身体《からだ》が弱《よわ》いせいか、引《ひ》っ込《こ》み思案《じあん》なところがあります。反対《はんたい》に国松《くにまつ》は聡明《そうめい》で利発《りはつ》です。しかも、国松《くにまつ》は江《ごう》と秀忠《ひでただ》の手元《てもと》で育《そだ》てられていますので、周《まわ》りの者《もの》たちが「国松君《くにまつぎみ》を後継者《こうけいしゃ》に」と思《おも》うのも無理《むり》のないことでした。

(こうなればやはり、あの御方《おかた》に大鉈《おおなた》を振《ふ》るっていただくしかない)

数日後《すうじつご》、福《ふく》は家康《いえやす》の居城《きょじょう》・駿府城《すんぷじょう》に駆《か》け込《こ》みました。

「大事《だいじ》なお話《はなし》があります。大御所様《おおごしょさま》にお取次《とりつぎ》を！」

福《ふく》は家康《いえやす》の御前《ごぜん》に出《で》ると、強《つよ》く訴《うった》えかけました。

「実《じつ》は、江戸《えど》ではこのような噂《うわさ》が流《なが》れているのですが……。大御所様《おおごしょさま》は後継《あとつぎ》の件《けん》、どうお考《かんが》えなのでしょうか」

「なんと……。お福《ふく》、よく知《し》らせてくれた。あとはわしにまかせておけ。おぬしは一足先《ひとあしさき》に江戸《えど》へ帰《かえ》るがよい」

家康《いえやす》の言葉《ことば》に福《ふく》は大《おお》いに安心《あんしん》し――。

後日《ごじつ》、家康《いえやす》が約束通《やくそくどお》り、鷹狩《たかがり》を装《よそお》って江戸《えど》へ入《はい》りました。

「皆《みな》、息災《そくさい》のようでなによりじゃ」

上段《じょうだん》の間《ま》に座《すわ》った家康《いえやす》は満足《まんぞく》げに笑《わら》い、秀忠《ひでただ》や江《ごう》や居並《いなら》ぶ家臣《かしん》たちを前《まえ》に、

「竹千代《たけちよ》、これへ」

と手招《てまね》きし、自《みずか》ら菓子《かし》を与《あた》え、

「おじじ様《さま》ぁ」

と国松《くにまつ》が無邪気《むじゃき》に自分《じぶん》も続《つづ》こうとしたところ、

「そちは呼《よ》んでおらぬ。ここに上《あ》がってよいのは竹千代《たけちよ》だけぞ」

と厳《きび》しい目《め》を向《む》けました。

家康《いえやす》は「三代目《だいめ》の将軍《しょうぐん》となるのは長男《ちょうなん》の竹千代《たけちよ》である」と態度《たいど》で示《しめ》したのです。

これを見《み》ていた福《ふく》は心《こころ》の中《なか》で快哉《かいさい》を上《あ》げました。

(さすがは大御所様《おおごしょさま》！　このようなかたちで〝長幼《ちょうよう》の序《じょ》〟をはっきりと示《しめ》されるなんて！)

文書《ぶんしょ》や言葉《ことば》で諭《さと》すより、このほうが効果《こうか》てきめんです。

長幼《ちょうよう》の序《じょ》とは年少者《ねんしょうしゃ》よりも年長者《ねんちょうしゃ》――竹千代《たけちよ》と国松《くにまつ》に置《お》き換《か》えた場合《ばあい》、弟《おとうと》よりも兄《あに》のほうが家督《かとく》を継《つ》ぐべき立場《たちば》にあるということです。

秀忠《ひでただ》は自分《じぶん》も叱《しか》られたと感《かん》じたらしく、恥《は》ずかしそうにうつむいていましたが――。

(御台様《みだいさま》はなぜ、あんなホッとしたような顔《かお》を……?)

江《ごう》は国松《くにまつ》を引《ひ》き寄《よ》せてやさしく肩《かた》を抱《だ》いていました。恥《は》じ入《い》るというより、「このようなかたちで落《お》ち着《つ》いてよかった」とも取《と》れる笑《え》みを浮《う》かべていたのです。江《ごう》は竹千代《たけちよ》の母《はは》として、竹千代《たけちよ》が後継者《こうけいしゃ》として認《みと》められることをいちばん望《のぞ》んでいたのかもしれません。

(私《わたし》はあの方《かた》を誤解《ごかい》していたのかもしれない……)

なにはともあれ、こうして竹千代《たけちよ》が次期将軍《じきしょうぐん》になることが決《き》まり、福《ふく》の行動《こうどう》は守役《もりやく》の青《あお》山《やま》たちをはじめ、「さすがだ」と称賛《しょうさん》を浴《あ》びましたが、

「あの乳母殿《うばどの》は、お伊勢参《いせまい》りに行《い》ったんじゃなかったの?」

「最初《さいしょ》から大御所様《おおごしょさま》のもとに駆《か》け込《こ》むつもりだったのよ」

「まあ、なんて、したたかな!」

と国松派《くにまつは》の人々《ひとびと》からは憎《にく》しみの目《め》を向《む》けられたのでした。

が、そんなことで動《どう》じる福《ふく》ではありません。

(竹千代様《たけちよさま》のためなら、私《わたし》はどんな苦労《くろう》も厭《いと》わない)

ある晴《は》れた日《ひ》、福《ふく》は竹千代《たけちよ》を連《つ》れて天守《てんしゅ》に上《あ》がりました。

「竹千代様《たけちよさま》、よい眺《なが》めでございますね」

「うむ、いつ見《み》ても江戸《えど》の町《まち》は素晴《すば》らしい」

この天守《てんしゅ》は慶長《けいちょう》12年《ねん》(1607年《ねん》)に建《た》てたもので、五層《そう》の高《たか》さを誇《ほこ》っています。

ここからは城下《じょうか》の町並《まちな》みだけでなく、筑波山《つくばさん》や房総半島《ぼうそうはんとう》、江戸湾《えどわん》のきらめきなどのほか、日本一《ひのもといち》の富士《ふじ》の山《やま》が見《み》えます。

「いずれは竹千代様《たけちよさま》が将軍《しょうぐん》となり、天下《てんか》を治《おさ》めるのです。この国《くに》の人々《ひとびと》をしあわせにし、あの富士《ふじ》のように、皆《みな》から敬《うやま》われる立派《りっぱ》な将軍《しょうぐん》になってくださいませ」

「わかった。立派《りっぱ》な将軍《しょうぐん》になる」

澄《す》んだ瞳《ひとみ》でそう言《い》う竹千代《たけちよ》の肩《かた》に手《て》を置《お》き、福《ふく》は遥《はる》かな富士《ふじ》を見《み》つめたのでした。

竹千代《たけちよ》を次期将軍《じきしょうぐん》に定《さだ》めた家康《いえやす》は徳川《とくがわ》の世《よ》を盤石《ばんじゃく》にするため、次《つぎ》の行動《こうどう》に出《で》ました。慶長《けいちょう》20年《ねん》（1615年《ねん》）5月《がつ》、「大坂夏《おおさかなつ》の陣《じん》」にて豊臣《とよとみ》を滅亡《めつぼう》させたのです。秀頼《ひでより》とその母《はは》・茶々《ちゃちゃ》（淀殿《よどどの》）は炎《ほのお》の中《なか》で自害《じがい》したのでした。

秀忠《ひでただ》の凱旋《がいせん》はまだ先《さき》ですが、江戸城《えどじょう》は勝利《しょうり》の報《しら》せに沸《わ》き立《た》ちました。

「徳川《とくがわ》の大勝利《だいしょうり》、まことにおめでとうございます！」

「これでようやく真《しん》の意味《いみ》での天下統一《てんかとういつ》が成《な》りましたな！」

「皆様《みなさま》、竹千代君《たけちよぎみ》からのお祝《いわ》いの酒《さけ》と肴《さかな》です。どうぞ」

西《にし》の丸《まる》での祝宴《しゅくえん》の主催《しゅさい》は竹千代《たけちよ》ですが、仕切《しき》っているのは福《ふく》です。

そこへ、侍女《じじょ》があわてて駆《か》け込《こ》んできました。

「お福様《ふくさま》、御台様《みだいさま》がこちらへ向《む》かっております。かなりお怒《いか》りのご様子《ようす》で……」

「……わかりました」

福《ふく》はそっと席《せき》を外《はず》し、江《ごう》を出迎《でむか》えに行《い》きました。

「御台様《みだいさま》、この度《たび》は徳川《とくがわ》の大勝利《だいしょうり》、まことにおめでとうござい――……」

「めでたくなどありません！　そなたね？　そなたが竹千代《たけちよ》に豊臣《とよとみ》を憎《にく》き敵《てき》だと教《おし》えたの？　秀頼様《ひでよりさま》は従兄《いとこ》、その妻《つま》の千《せん》はあの子《こ》の姉《あね》ですよ？　なのに――」

福《ふく》の言葉《ことば》を遮《さえぎ》り、江《ごう》は怒鳴《どな》りました。秀頼《ひでより》の母《はは》・茶々《ちゃちゃ》は江《ごう》の長姉《ちょうし》で、秀頼《ひでより》は甥《おい》です。

珍《めずら》しく怒《いか》りをあらわにした江《ごう》を見《み》て、どちらの侍女《じじょ》たちも驚《おどろ》いています。

「み、御台様《みだいさま》？」

「そのように大《おお》きな声《こえ》を出《だ》されては――」

「そなたは豊臣《とよとみ》が憎《にく》いのでしょう？　知《し》っていますよ、そなたの父《ちち》が明智《あけち》の重臣《じゅうしん》であったこと……父親《ちちおや》が秀吉公《ひでよしこう》に処刑《しょけい》されたから豊臣《とよとみ》を憎《にく》んでいるのでしょう？」

江《ごう》はいつになく興奮《こうふん》しています。お互《たが》い恨《うら》みは抱《いだ》いていても、今《いま》は同《おな》じく徳川《とくがわ》を支《ささ》える身《み》です。福《ふく》は自分《じぶん》を抑《おさ》え、きっぱり言《い》いました。

「いいえ！　昔《むかし》のことはすべて忘《わす》れました」

「嘘《うそ》よ！」

「嘘《うそ》ではございません。けれど、御台様《みだいさま》のお気持《きも》ちもわかります。私《わたし》も、戦《いくさ》で大切《たいせつ》な家族《かぞく》を亡《な》くしておりますゆえ……」

「……」

まだ険《けわ》しい顔《かお》をしている江《ごう》に、福《ふく》は切《せつ》に訴《うった》えかけました。

「御台様《みだいさま》、どうか冷静《れいせい》になってくださいませ。竹千代君《たけちよぎみ》は将軍《しょうぐん》となる御方《おかた》……。もし、将《しょう》軍《ぐん》が兵《へい》を労《ねぎら》わず、『おまえたちはおれの身内《みうち》を殺《ころ》したのか』と責《せ》めるようなことをすればどうなるか――」

「……！　そのような将《しょう》には誰《だれ》もついてきたりしない……」

江《ごう》はハッと目《め》を見開《みひら》きました。福《ふく》の言《い》いたいことがわかったのです。

改《あらた》めて御台所《みだいどころ》としての立場《たちば》を自覚《じかく》した江《ごう》に、福《ふく》が畳《たた》みかけるように言《い》いました。

「竹千代君《たけちよぎみ》には、誰《だれ》もが仰《あお》ぎ、敬《うやま》う、強《つよ》い将軍《しょうぐん》になっていただかねば。そのために、此度《こたび》の戦勝祝《せんしょういわ》いをするべきなのです！」

「悔《くや》しいけれど、そなたの言《い》うとおりだわ……。家康《いえやす》の義父上《ちちうえ》が見込《みこ》んだだけのことはあるわね。竹千代《たけちよ》のためを思《おも》えば、そなたが正《ただ》しい……」

「御台様《みだいさま》……こちらこそ申《もう》し訳《わけ》ございませんでした。どうか、竹千代君《たけちよぎみ》のために、泣《な》くのは心《こころ》の中《なか》だけにして、顔《かお》では笑《わら》っていてくださいませ」

福《ふく》がにっこりしてうなずくと、江《ごう》も「そうね……」と微笑《ほほえ》みを浮《う》かべました。

ふたりはようやく——敵味方《てきみかた》の間柄《あいだがら》を越《こ》えて打《う》ち解《と》けたのです。

豊臣《とよとみ》を滅《ほろ》ぼした家康《いえやす》が朝廷《ちょうてい》に奏上《そうじょう》し、7月《がつ》に元号《げんごう》が慶長《けいちょう》から元和《げんな》に改《あらた》められました。

家康《いえやす》はこの元号《げんごう》に絡《から》めて、「元和偃武《げんなえんぶ》」を唱《とな》えました。

偃武《えんぶ》とは〝武器《ぶき》を収《おさ》める〟という意味《いみ》で、戦《いくさ》の終結《しゅうけつ》を意味《いみ》します。家康《いえやす》はこの先《さき》、泰平《たいへい》の世《よ》が続《つづ》くことを祈《いの》ってつけたのです。

「そうか！　さすがはおじい様《さま》だな、福《ふく》！」

竹千代《たけちよ》だけでなく、江戸中《えどじゅう》の者《もの》たちがまだまだ戦勝《せんしょう》の喜《よろこ》びに酔《よ》いしれる中《なか》、8月4日《がつよっか》、将軍《しょうぐん》・秀忠《ひでただ》が凱旋《がいせん》し、下旬《げじゅん》には上方《かみがた》から傷心《しょうしん》の姉《あね》・千《せん》が戻《もど》ってきました。

彼女《かのじょ》は今《いま》、江戸城《えどじょう》にいる竹千代《たけちよ》、国松《くにまつ》、松姫《まつひめ》たちきょうだいのいちばん上《うえ》の姉《あね》です。

「あなたの弟《おとうと》と妹《いもうと》よ。姉上《あねうえ》に会《あ》えるって楽《たの》しみにしていたのよ」

江《ごう》は千《せん》に、彼女《かのじょ》が嫁《とつ》いだあとで生《う》まれた子《こ》どもたちを引《ひ》き合《あ》わせましたが、千《せん》は暗《くら》い顔《かお》をしたままでした。心《こころ》の傷《きず》は簡単《かんたん》には癒《い》えないようです。

(竹千代様《たけちよさま》……?)

福《ふく》は、竹千代《たけちよ》が難《むずか》しい顔《かお》をしていることに気付《きづ》きました。千《せん》がなぜ沈《しず》んだ顔《かお》をしているのかわかり、過日《かじつ》、徳川《とくがわ》の勝利《しょうり》を祝《いわ》った自分《じぶん》を心《こころ》の中《なか》で責《せ》めているのでしょう。

心労《しんろう》が祟《たた》ったのか、千《せん》はまもなく臥《ふ》せってしまい――……。

竹千代《たけちよ》は毎日《まいにち》のように千《せん》の見舞《みま》いに行《い》きました。もちろん、福《ふく》もお供《とも》します。

「姉上《あねうえ》、お加減《かげん》はいかがですか」

「ありがとう、竹千代《たけちよ》。おかげ様《さま》でだいぶ落《お》ち着《つ》いてきましたよ」

千《せん》に微笑《ほほえ》みかけられ、竹千代《たけちよ》は赤《あか》くなってうつむきました。血《ち》のつながった姉《あね》とはいえ、千《せん》とは会《あ》ったばかりですので、まだまだ照《て》れてしまうのでしょう。

「竹千代様《たけちよさま》は生《う》まれつき、お身体《からだ》が弱《よわ》いのです。ですので、他人事《ひとごと》に思《おも》えないのでしょう。ことさらに姉上様《あねうえさま》のことを心配《しんぱい》しておられます」

「まあ……竹千代《たけちよ》はやさしいのね。弱《よわ》い者《もの》の気持《きも》ちを汲《く》もうとするのは、できるようでなかなかできないことよ」

やさしい姉《あね》の存在《そんざい》は、次第《しだい》に竹千代《たけちよ》の中《なか》で大《おお》きくなっていき――。

そんな中《なか》、竹千代《たけちよ》を大《おお》きな不幸《ふこう》が襲《おそ》いました。

翌年《よくとし》の元和《げんな》2年《ねん》（1616年《ねん》）4月《がつ》17日《にち》、家康《いえやす》が駿府《すんぷ》にて人生《じんせい》の幕《まく》を閉《と》じたのです。

そしてこの年《とし》の秋《あき》、さらに竹千代《たけちよ》を悲《かな》しませることが起《お》こりました。

姉《あね》の千《せん》が徳川《とくがわ》四天王《してんのう》のひとつ、本多家《ほんだけ》へ再嫁《さいか》することになったのです。これは家康《いえやす》が亡《な》くなる前《まえ》に決《き》めた縁談《えんだん》でしたので、千《せん》にもどうしようもできないのですが――……。

「姉上《あねうえ》、どこにも行《い》かないで。私《わたし》のそばにいてください！」

「泣《な》かないで、竹千代《たけちよ》。あなたのことはいつも思《おも》っていますからね」

9月中旬《がつちゅうじゅん》、千《せん》は本多家《ほんだけ》が治《おさ》める桑名《くわな》へと旅立《たびだ》ち、竹千代《たけちよ》はしばらく小姓《こしょう》たちと好《す》きな歌《うた》や踊《おど》りに興《きょう》じることで心《こころ》を慰《なぐさ》めたのでした。

それからまた、時《とき》は流《なが》れ……。

元和《げんな》6年《ねん》（1620年《ねん》）、徳川《とくがわ》には慶事《けいじ》が続《つづ》きました。

まず、6月《がつ》に秀忠《ひでただ》と江《ごう》の五女《じょ》・松《まつ》が、時《とき》の後水尾天皇《ごみずのおてんのう》に入内《じゅだい》。名《な》を和子《まさこ》と改《あらた》めました。

9月《がつ》には竹千代《たけちよ》と国松《くにまつ》が元服《げんぷく》し、それぞれ名《な》を、家光《いえみつ》、忠長《ただなが》と名乗《なの》ることになりました。

家光《いえみつ》の〝家《いえ》〟は亡《な》き祖父《そふ》・家康《いえやす》から、忠長《ただなが》の〝忠《ただ》〟は父《ちち》の秀忠《ひでただ》から一字拝領《じはいりょう》したのです。

（竹千代様《たけちよさま》、御立派《ごりっぱ》になられて……）

小《ちい》さい頃《ころ》、身体《からだ》が弱《よわ》く引《ひ》っ込《こ》み思案《じあん》だったことを思《おも》い出《だ》し、福《ふく》は大人《おとな》になった家光《いえみつ》の姿《すがた》を感慨深《かんがいぶか》く見《み》つめました。

そして、三年後《ねんご》の元和《げんな》9年《ねん》（1623年《ねん》）1月《がつ》25日《にち》。

「大奥法度《おおおくはっと》」が改正《かいせい》され、福《ふく》は大奥総取締《おおおくそうとりしまり》とも呼《よ》べる立場《たちば》になりました。つまり、将軍《しょうぐん》の生活《せいかつ》の場《ば》である奥向《おくむき》――大奥《おおおく》を差配《さはい》する、最高権力者《さいこうけんりょくしゃ》となったのです。

将軍以外《しょうぐんいがい》は男子禁制《だんしきんせい》。大勢《おおぜい》の女《おんな》たちが仕《つか》える大奥《おおおく》の主《あるじ》は御台所《みだいどころ》の江《ごう》ですが、女中《じょちゅう》たちを束《たば》ねて指揮《しき》するのは家光《いえみつ》の乳母《うば》である福《ふく》です。

「お福殿《ふくどの》、これからも頼《たよ》りにしていますよ」

「御台様《みだいさま》。この福《ふく》が、御台様《みだいさま》のもとで誠心誠意《せいしんせいい》、この大奥《おおおく》を盛《も》り立《た》ててまいります」

大勢《おおぜい》の女《おんな》たちが見《み》つめる中《なか》、福《ふく》が礼《れい》を取《と》りますと江《ごう》が微笑《ほほえ》んでうなずきました。上下関《じょうげかん》係《けい》をしっかりと示《しめ》すことで組織《そしき》の統率《とうそつ》はうまくいくのです。

そして、この年《とし》の7月《がつ》、家光《いえみつ》は上洛《じょうらく》し、朝廷《ちょうてい》より将軍宣下《しょうぐんせんげ》を受《う》けました。

二十歳《はたち》の若《わか》き将軍《しょうぐん》の誕生《たんじょう》です。

家光《いえみつ》は居並《いなら》ぶ諸大名《しょだいみょう》を前《まえ》に、張《は》りのある大《おお》きな声《こえ》で堂々《どうどう》とこう言《い》ったそうです。

「我《わ》が祖父《そふ》・家康公《いえやすこう》は戦《いくさ》をかいくぐり、そなたたちの助力《じょりょく》もあり、将軍《しょうぐん》の座《ざ》に就《つ》かれた。父《ちち》・秀忠《ひでただ》も同《おな》じく皆《みな》と同《おな》じ武将《ぶしょう》であった。が、余《よ》は違《ちが》う。余《よ》は生《う》まれながらの将軍《しょうぐん》である。余《よ》にはひとりひとりが臣下《しんか》である」

「不服《ふふく》があれば、即刻《そっこく》、国許《くにもと》へ帰《かえ》り、戦《いくさ》の準備《じゅんび》をいたせ。余《よ》は戦《いくさ》の経験《けいけん》がないゆえ、喜《よろこ》んで相手《あいて》をいたす」

この話《はなし》を伝《つた》え聞《き》いたとき、福《ふく》はうれし涙《なみだ》を浮《う》かべました。

(家光様《いえみつさま》、なんと立派《りっぱ》になられたことでしょう)

秀忠《ひでただ》は亡《な》き家康《いえやす》と同《おな》じく大御所《おおごしょ》として政《まつりごと》に関《かか》わることにし、若《わか》き将軍《しょうぐん》を支《ささ》えていくこと

になりました。かつて家康《いえやす》と秀忠《ひでただ》のふたりで構成《こうせい》された〝二元政治《にげんせいじ》〟を踏襲《とうしゅう》したのです。

「徳川《とくがわ》も三代目《だいめ》。戦《いくさ》はもうないし、安泰《あんたい》じゃな」

「天下泰平《てんかたいへい》、結構《けっこう》、結構《けっこう》、コケッコー！」

「わっはっはっはっ！　いやあ、めでたいのう」

秀忠《ひでただ》、家光《いえみつ》、忠長《ただなが》の三人《にん》は上洛《じょうらく》していて不在《ふざい》ですが、江戸城中《えどじょうちゅう》は将軍生母《しょうぐんせいぼ》の江《ごう》を前《まえ》に、お祝《いわ》いで沸《わ》き返《かえ》っています。

「皆《みな》、ありがとう。これからも家光《いえみつ》を――上様《うえさま》を支《ささ》えておくれ」

江《ごう》もうれしそうに盃《さかずき》を重《かさ》ね、家中《かちゅう》の皆《みな》に礼《れい》を述《の》べます。

上洛《じょうらく》した家光《いえみつ》とは入《い》れ替《か》わりに、将来《しょうらい》、家光《いえみつ》の正室《せいしつ》となる公家《くげ》の姫《ひめ》も閏《うるう》8月《がつ》には江戸《えど》に下《くだ》ってくることになっています。結婚《けっこん》するのはまだ先《さき》ですが、早《はや》めに江戸《えど》の暮《く》らしに慣《な》れてもらおうと、江《ごう》がまず彼女《かのじょ》――鷹司孝子《たかつかさたかこ》を猶子《ゆうし》に迎《むか》え、面倒《めんどう》を見《み》ることにしたのです。

「新《あたら》しい御台所様《みだいどころさま》が来《く》るのが楽《たの》しみですなあ」

「やんごとなき姫君《ひめぎみ》……きっとまぶしいほどの美人《びじん》に違《ちが》いない！」

家中《かちゅう》の者《もの》たちは、皆《みな》、徳川《とくがわ》の未来《みらい》は明《あか》るいと笑《わら》い合《あ》っています。

そして、寛永《かんえい》2年《ねん》（1625年《ねん》）8月9日《がつここのか》。

家光《いえみつ》の正室《せいしつ》となる鷹司孝子《たかつかさたかこ》が江戸城本丸《えどじょうほんまる》に入《はい》り、祝言《しゅうげん》が挙《あ》げられました。

家光《いえみつ》は二十二歳《さい》、花嫁《はなよめ》の孝子《たかこ》は二歳上《さいうえ》の二十四歳《さい》です。

「上様《うえさま》、おめでとうございます」

「福《ふく》、ありがとう。これからもよろしく頼《たの》むぞ」

（来年《らいねん》にはお子《こ》をこの腕《うで》に抱《だ》けるやも……！）

福《ふく》は早《はや》くもお世継《よつ》ぎの誕生《たんじょう》を夢見《ゆめみ》ましたが、まもなく家光《いえみつ》と孝子《たかこ》は不仲《ふなか》になりました。

「にこりともしない愛嬌《あいきょう》のない女《おんな》だ。つまらぬ」

よく考《かんが》えてみれば、家光《いえみつ》は女《おんな》に興味《きょうみ》がなく、これまで女遊《おんなあそ》びの経験《けいけん》がありません。男同士《おとこどうし》で過《す》ごすほうが気楽《きらく》でよかったのです。

（困《こま》ったわ、このままでは……お世継《よつ》ぎが生《う》まれない！）

同《おな》じように息子夫婦《むすこふうふ》のことでいろいろと心労《しんろう》が重《かさ》なったのか、翌年《よくとし》の寛永《かんえい》3年《ねん》（1626年《ねん》）、大御台《おおみだい》の江《ごう》が倒《たお》れ、9月《がつ》15日《にち》に亡《な》くなりました。五十四歳《さい》でした。

（大御台様《おおみだいさま》……上様《うえさま》のことは、どうかご心配《しんぱい》なく。大御台様《おおみだいさま》の分《ぶん》も、この福《ふく》がお支《ささ》えして

いきますゆえ)
江戸《えど》に来《き》てしばらくの間《あいだ》は江《ごう》に対《たい》して複雑《ふくざつ》な感情《かんじょう》を抱《いだ》いていましたが、今《いま》の福《ふく》は戦友《せんゆう》を失《うしな》ったような、さみしい気持《きも》ちになったのです。

そして、この年《とし》の冬《ふゆ》——。

悲《かな》しみがまだまだ癒《い》えない日々《ひび》の中《なか》、家光《いえみつ》の姉《あね》・千《せん》が十年《ねん》ぶりに江戸《えど》に戻《もど》ってくることになりました。この年《とし》の5月《がつ》に夫《おっと》が亡《な》くなったのです。

「おかえりなさい、姉上《あねうえ》。必要《ひつよう》なものがあれば、なんでもおっしゃってください」

「うれしいわ。昔《むかし》から、あなたは私《わたし》にやさしいのね……」

「当然《とうぜん》です。大事《だいじ》な姉上《あねうえ》なのですから」

家光《いえみつ》は大切《たいせつ》な姉《あね》のために竹橋《たけばし》に御殿《ごてん》を建《た》てました。千《せん》は落飾《らくしょく》して天寿院《てんじゅいん》と号《ごう》し、そこで亡《な》くなった人《ひと》たちの菩提《ぼだい》を弔《とむら》いつつ、静《しず》かに暮《く》らしていくことになったのです。

(夫《おっと》を亡《な》くされた天寿院様《てんじゅいんさま》にはお気《き》の毒《どく》だけれど、上様《うえさま》にとって頼《たの》もしい味方《みかた》ができたわ)

正室《せいしつ》と不仲《ふなか》になった家光《いえみつ》にとって、自分《じぶん》の理解者《りかいしゃ》である姉《あね》の存在《そんざい》は大《おお》きいものになるに違《ちが》いないと、福《ふく》は心強《こころづよ》く思《おも》ったのでした。


それから、三年《ねん》が経《た》ち――……。

寛永《かんえい》6年《ねん》（1629年《ねん》）2月《がつ》、家光《いえみつ》が疱瘡《ほうそう》を患《わずら》い、生死《せいし》の境《さかい》をさまよいました。

（私《わたし》はどうなってもかまいません。私《わたし》の命《いのち》と引《ひ》き換《か》えに、どうか上様《うえさま》のお命《いのち》をお助《たす》けくださいませ！）

福《ふく》は東照大権現《とうしょうだいごんげん》――つまり日光東照社《にっこうとうしょうしゃ》に祀《まつ》られて神《かみ》となった家康《いえやす》に病気平癒《びょうきへいゆ》を願《ねが》い、伊《い》勢神宮《せじんぐう》にも願掛《がんか》けをしました。そのおかげか家光《いえみつ》がまもなく快復《かいふく》したので、この年《とし》の夏《なつ》、福《ふく》はお礼参《れいまい》りに伊勢神宮《いせじんぐう》へ行《い》くことになったのです。

すると、出発前《しゅっぱつまえ》に福《ふく》は大御所《おおごしょ》・秀忠《ひでただ》に呼《よ》ばれ、こう言《い》われました。

「伊勢《いせ》からそのまま京《きょう》へ行《い》ってほしい。朝廷《ちょうてい》でも家光《いえみつ》の病気平癒《びょうきへいゆ》の祈祷《きとう》をあちこちの寺社《じしゃ》に依頼《いらい》し、見舞《みま》いの使者《ししゃ》も送《おく》ってくださったので、そのお礼《れい》をしてきてほしいのだ」

「乳母《うば》である私《わたし》が、ですか？」

とまどう福《ふく》に、さらに意外《いがい》なことを秀忠《ひでただ》が付《つ》け加《くわ》えました。

「例《れい》の件《けん》で、幕府《ばくふ》と朝廷《ちょうてい》の関係《かんけい》がこじれただろう？　そなたが行《い》って、帝《みかど》の機嫌《きげん》を取《と》ってきてくれまいか？　将軍《しょうぐん》の母同然《ははどうぜん》のそなたなら、中宮様《ちゅうぐうさま》のお見舞《みま》いとでも言《い》って……」

中宮様《ちゅうぐうさま》とは秀忠《ひでただ》の五女《じょ》・和子《まさこ》のことです。和子《まさこ》は幕府《ばくふ》と朝廷《ちょうてい》の架《か》け橋《はし》となっているのですが、先《さき》ほど秀忠《ひでただ》が口《くち》にしたように今《いま》、両者《りょうしゃ》の間《あいだ》にはある問題《もんだい》が横《よこ》たわっていました。

のちの世《よ》、「紫衣事件《しえじけん》」と呼《よ》ばれるものです。

紫衣《しえ》とは紫色《むらさきいろ》の法衣《ほうえ》と袈裟《けさ》のことで、これは高《たか》い功徳《くどく》を得《え》たと認《みと》めた僧《そう》に対《たい》し、天皇《てんのう》が与《あた》えることになっていたのですが、幕府《ばくふ》が定《さだ》めた「禁中並公家諸法度《きんちゅうならびにくげしょはっと》」にて「やたらに紫衣《しえ》を与《あた》えてはならない」という項目《こうもく》があり、天皇《てんのう》の勝手《かって》な判断《はんだん》では与《あた》えられないように制限《せいげん》をかけていたのです。

が、天皇《てんのう》はこれを無視《むし》し、多《おお》くの僧《そう》に紫衣《しえ》を与《あた》えていたのでした。

「でも、女《おんな》の私《わたし》になにができるでしょうか」

「男同士《おとこどうし》でぶつかり合《あ》うから、余計《よけい》にこじれるのだ。大奥総取締《おおおくそうとりしまり》を務《つと》め、日々《ひび》、多《おお》くの者《もの》の気持《きも》ちを汲《く》み取《と》っているそなたなら、なにか解決策《かいけつさく》を見《み》つけられるかもしれぬ。とにかく、中宮様《ちゅうぐうさま》のご機嫌《きげん》うかがいを兼《か》ねて行《い》ってみてはくれまいか」

（秀忠様《ひでただきま》も意地《いじ》の悪《わる》いこと。私《わたし》はただの乳母《うば》。帝《みかど》を怒《おこ》らせるだけなのに）

厄介《やっかい》な頼《たの》まれごとを胸《むね》の奥《おく》に抱《かか》えつつ、東海道《とうかいどう》を西《にし》へと向《む》かった福《ふく》は8月《がつ》21日《にち》、伊勢神宮《いせじんぐう》への参拝《さんぱい》をすませました。

（さて、今度《こんど》は京《きょう》へ行《い》かねばならぬが……帝《みかど》に拝謁《はいえつ》するには無位無官《むいむかん》では無理《むり》。参内《さんだい》するにふさわしい地位《ちい》を得《え》なければ）

福《ふく》は上洛《じょうらく》すると、まず縁戚《えんせき》の三条西実条《さんじょうにしさねえだ》に頼《たの》み〝猶妹《ゆうまい》〟にしてもらいました。「猶《なお》、妹《いもうと》のごとし」という意味《いみ》で、簡単《かんたん》に言《い》えば福《ふく》は実条《さねえだ》の妹《いもうと》と同様《どうよう》の扱《あつか》いになったのです。

こうして、10月10日《がつとおか》、後水尾天皇《ごみずのおてんのう》は福《ふく》の拝謁《はいえつ》を許《ゆる》し、対面《たいめん》することになりました。

（なんと光栄《こうえい》な……。謀反人《むほんにん》の娘《むすめ》であった私《わたし》に、このような晴《は》れがましい未来《みらい》が待《ま》っていたなんて。誰《だれ》が想像《そうぞう》しただろうか）

気《き》を引《ひ》き締《し》めて御前《ごぜん》に出《で》た福《ふく》に、天皇《てんのう》が声《こえ》をかけました。

「……家光殿《いえみつどの》の病気平癒《びょうきへいゆ》、なにより。中宮《ちゅうぐう》の大切《たいせつ》な兄上《あにうえ》ゆえ心配《しんぱい》しておった」

「ありがたきお言葉《ことば》、痛《いた》み入《い》ります」

福《ふく》は深々《ふかぶか》と頭《あたま》を下《さ》げ、そっと面《おもて》を上《あ》げました。

「紫衣《しえ》の件《けん》につきましては、帝《みかど》のおやさしさに悪《わる》い僧《そう》どもがつけ込《こ》んだのだろうと、幕府《ばくふ》では考《かんが》えております。そのような者《もの》たちが今後《こんご》も現《あらわ》れないよう、帝《みかど》をお守《まも》りしたいとのことでございました」

秀忠《ひでただ》の意向《いこう》をできるだけやわらかい言葉《ことば》に置《お》き換《か》えて、福《ふく》はふたたび頭《あたま》を下《さ》げました。

（朝廷《ちょうてい》の狙《ねら》いは、紫衣《しえ》と引《ひ》き換《か》えに僧《そう》たちから得《え》る莫大《ばくだい》な〝お礼《れい》〟であったことは確《たし》か。確《たし》かにこれは、男同士《おとこどうし》の話《はな》し合《あ》いではギスギスしてしまうでしょうね）

どれだけのことができたのかはわかりませんが、福《ふく》は使命《しめい》を成《な》し遂《と》げました。

そして、福《ふく》は朝廷《ちょうてい》から「春日局《かすがのつぼね》」の称号《しょうごう》を賜《たまわ》り、従三位《じゅさんみ》に叙《じょ》せられたのです。

（従三位《じゅさんみ》といえば上級貴族《じょうきゅうきぞく》と同等《どうとう》の位階《いかい》。身《み》に余《あま》る光栄《こうえい》だわ）

こうして、福《ふく》は晴《は》れがましい気持《きも》ちで江戸《えど》へ戻《もど》ったのです。

高《たか》い身分《みぶん》を得《え》たことを、家光《いえみつ》はとても喜《よろこ》んでくれました。

「大役《たいやく》を成《な》し遂《と》げたこと、うれしく思《おも》うぞ。父上《ちちうえ》も感心《かんしん》しておった」

「上様《うえさま》、ありがとうございます。では、褒美《ほうび》をくださいますか？」

「おお、なんでも言《い》ってみよ」

「一日《にち》も早《はや》く、この乳母《うば》の腕《うで》にお世継《よつ》ぎを抱《だ》かせてくださいませ」

福《ふく》がにっこり笑《わら》うと、家光《いえみつ》は少《すこ》したじろぎました。

「そ、それは……なるべく善処《ぜんしょ》しよう」

家光《いえみつ》はそう言《い》ってはくれましたが、なかなか気《き》に入《い》る女《おんな》が見《み》つからず――。

そんな中《なか》、寛永《かんえい》9年《ねん》（1632年《ねん》）1月《がつ》に大御所《おおごしょ》・秀忠《ひでただ》が亡《な》くなり、秀忠《ひでただ》と家光《いえみつ》の親子《おやこ》で行《おこな》っていた二元政治《にげんせいじ》は解消《かいしょう》されました。

これからは、将軍《しょうぐん》・家光《いえみつ》が老中《ろうじゅう》たちとともに政《まつりごと》を行《おこな》っていくことになります。

家光《いえみつ》は精力的《せいりょくてき》に仕事《しごと》をし、のちに名君《めいくん》と呼《よ》ばれるようになるのですが――。

（お世継《よつ》ぎができなければ、徳川《とくがわ》の世《よ》が揺《ゆ》らいでしまう。なんとかしなければ！）

大奥総取締《おおおくそうとりしまり》としての福《ふく》――春日局《かすがのつぼね》の悩《なや》みは、まだまだ続《つづ》いていくのでした。

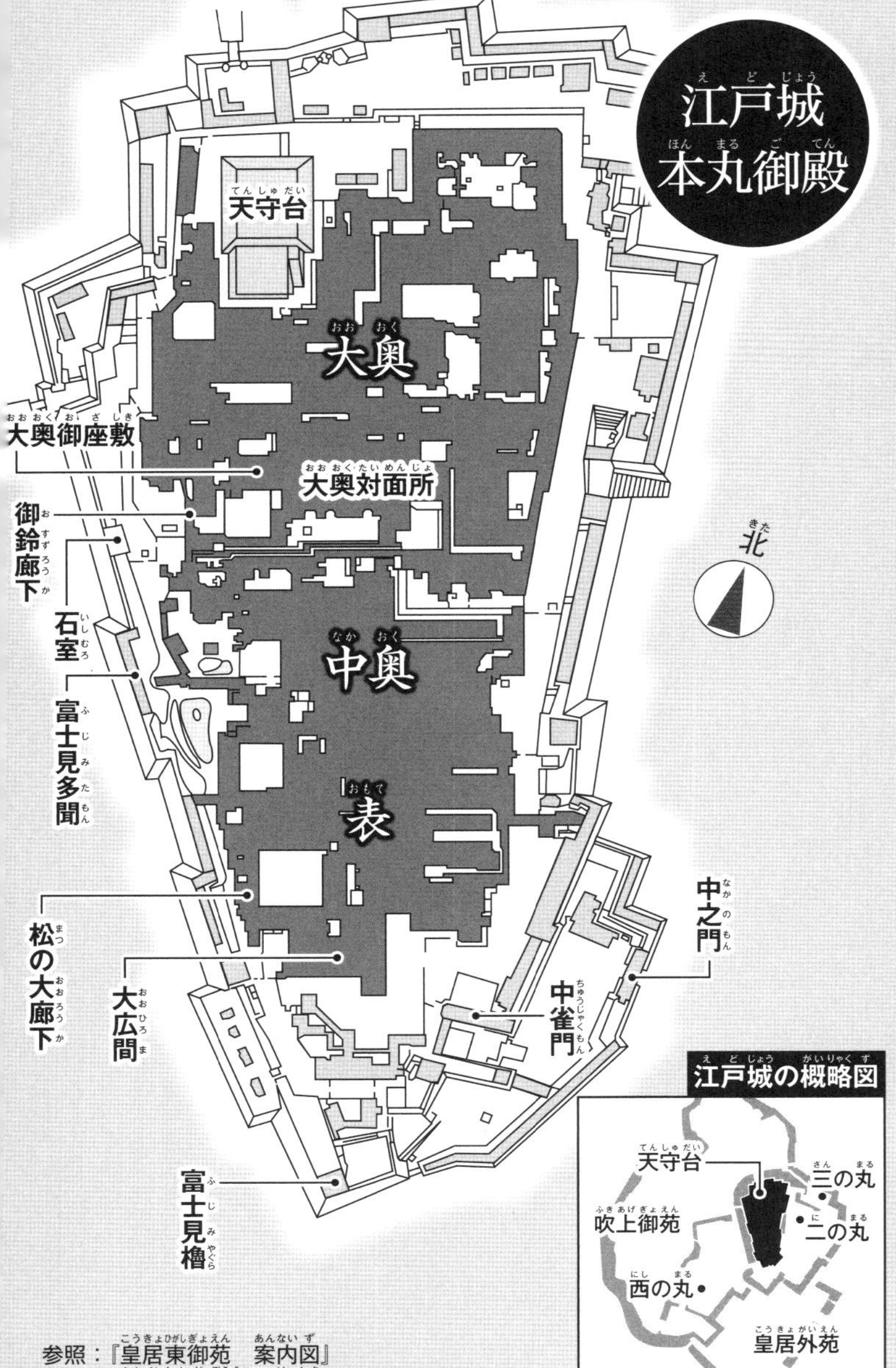

参照：『皇居東御苑《こうきょひがしぎょえん》　案内図《あんないず》』
（万治年度造営《まんじねんどぞうえい》の形式《けいしき》による）

鷹司《たかつかさ》孝子《たかこ》

――第《だい》三代《だい》将軍《しょうぐん》・家光《いえみつ》のお飾《かざ》りの妻《つま》――

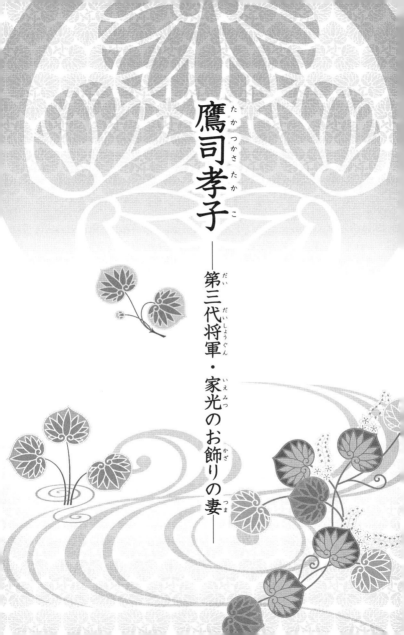

元和《げんな》9年《ねん》（１６２３年《ねん》）7月《がつ》27日《にち》、徳川家光《とくがわいえみつ》が上洛《じょうらく》し、伏見城《ふしみじょう》にて将軍宣下《しょうぐんせんげ》を受《う》けました。家光《いえみつ》は江戸幕府初代将軍《えどばくふしょだいしょうぐん》・家康《いえやす》から数《かぞ》えて三代目《だいめ》となります。

そして、同《おな》じ頃《ころ》、京《きょう》の公家《くげ》・鷹司家《たかつかさけ》では娘《むすめ》・孝子《たかこ》の旅立《たびだ》ちの準備《じゅんび》に追《お》われていました。

家光《いえみつ》の妻《つま》になるために閏《うるう》8月《がつ》に京《きょう》を発《た》ち、江戸《えど》へ下《くだ》る予定《よてい》なのです。

そんなあわただしい日々《ひび》の中《なか》、

「伏見城《ふしみじょう》での儀式《ぎしき》は立派《りっぱ》なものであった。将軍《しょうぐん》・家光公《いえみつこう》はまだ二十歳《はたち》だが、実《じつ》に堂々《どうどう》としておられた。徳川《とくがわ》の世《よ》は安泰《あんたい》と見《み》た」

と、父《ちち》の信房《のぶふさ》が上機嫌《じょうきげん》な顔《かお》で戻《もど》ってきました。宴《うたげ》の席《せき》にて花嫁《はなよめ》の父《ちち》として歓待《かんたい》され、酒《さけ》や珍味《ちんみ》を思《おも》う存分《ぞんぶん》、味《あじ》わってきたようです。

そんな夫《おっと》が気《き》に障《さわ》ったのか、妻《つま》の輝子《てるこ》が嫌味《いやみ》っぽく言《い》いました。

「よりによって、徳川《とくがわ》に嫁《とつ》ぐなんて」

輝子《てるこ》の父《ちち》――つまり、孝子《たかこ》の祖父《そふ》は信長《のぶなが》のもとで武勇《ぶゆう》を馳《は》せた佐々成政《さっさなりまさ》です。

成政《なりまさ》は、信長《のぶなが》が「本能寺《ほんのうじ》の変《へん》」で倒《たお》れたのち、天下《てんか》を狙《ねら》う秀吉《ひでよし》と敵対《てきたい》。

「ともに秀吉《ひでよし》を倒《たお》そう」と家康《いえやす》を誘《さそ》うために、真冬《まふゆ》の越中《えっちゅう》から極寒《ごっかん》の険《けわ》しい山々《やまやま》を越《こ》えて浜松《はままつ》へ向《む》かったことがありました。これは「さらさら越《ご》え」と呼《よ》ばれている有名《ゆうめい》な話《はなし》です。

豪雪《ごうせつ》の中《なか》、命《いのち》を賭《と》して向《む》かった旅《たび》の途中《とちゅう》で多《おお》くの家臣《かしん》たちが倒《たお》れ、死《し》んだ……。

が、そんな命《いのち》がけの行軍《こうぐん》は家康《いえやす》の心《こころ》には響《ひび》かず、失意《しつい》の中《なか》、成政《なりまさ》は越中《えっちゅう》へ戻《もど》ったのです。

その後《ご》、成政《なりまさ》は結局《けっきょく》は秀吉《ひでよし》の軍門《ぐんもん》に降《くだ》り、肥後《ひご》一国《いっこく》を与《あた》えられました。ですが、一揆《いっき》を鎮圧《ちんあつ》できず、その責任《せきにん》を取《と》るかたちで秀吉《ひでよし》に切腹《せっぷく》を命《めい》じられて亡《な》くなったのです。

ですので、輝子《てるこ》が「徳川《とくがわ》も豊臣《とよとみ》も大嫌《だいきら》い」と言《い》うのは仕方《しかた》のないことなのですが――。

「これ、よさぬか。孝子《たかこ》はこれから日本一《ひのもといち》の妻《つま》になるというのに」

「日本一《ひのもといち》？　もとは三河《みかわ》の田舎者《いなかもの》の家《いえ》でございましょ。あなた様《さま》は高貴《こうき》な血筋《ちすじ》の生《う》まれ。格下《かくした》の家《いえ》を持《も》ち上《あ》げるような言《い》い方《かた》をするのはどうかと思《おも》いますわ」

「徳川《とくがわ》が日本一《ひのもといち》なのは武家《ぶけ》の社会《しゃかい》での話《はなし》。血筋《ちすじ》では当然《とうぜん》、我《わ》が家《や》には劣《おと》る！」

両親《りょうしん》が言《い》い合《あ》う様子《ようす》を見《み》ながら、孝子《たかこ》はうんざりしていました。

孝子《たかこ》から見《み》れば、父《ちち》も母《はは》も〝家《いえ》〟に縛《しば》られているように見《み》えます。

（もうすぐこの家《いえ》から出《で》られるわ。それまでの辛抱《しんぼう》よ。それにもとは三河《みかわ》の田舎《いなか》の出《で》であろうと、今《いま》は日本《にほん》を束《たば》ねる天下《てんか》の将軍家《しょうぐんけ》。わたくしが嫁《とつ》ぐのになんの不足《ふそく》もないわ）

孝子《たかこ》は自分《じぶん》が公家《くげ》の姫《ひめ》であること、そして、美人《びじん》に生《う》まれついたことを誇《ほこ》りに思《おも》っていました。

最高《さいこう》の女《おんな》は、最高《さいこう》の家《いえ》に嫁《とつ》いでこそ輝《かがや》くというものです。

孝子《たかこ》と家光《いえみつ》の縁談《えんだん》は、家光《いえみつ》の生母《せいぼ》・江《ごう》が「新《あたら》しい時代《じだい》の将軍《しょうぐん》に、ぜひ公家《くげ》の姫《ひめ》を」と望《のぞ》み、彼女《かのじょ》の娘《むすめ》であり、時《とき》の後水尾天皇《ごみずのおてんのう》の中宮《ちゅうぐう》・和子《まさこ》が尽力《じんりょく》して結《むす》ばれたものです。

出発《しゅっぱつ》する前《まえ》、孝子《たかこ》は関白《かんぱく》・九条幸家《くじょうゆきいえ》の正室《せいしつ》・完子《さだこ》にあいさつしに行《い》きました。完子《さだこ》は今《こん》回《かい》の縁談《えんだん》の協力者《きょうりょくしゃ》のひとりです。

「完子様《さだこさま》、この度《たび》は良《よ》い縁《えん》を結《むす》んでくださいまして、ありがとうございます」

「こちらこそ、感謝《かんしゃ》しています。関東《かんとう》へ下《くだ》るのはとても勇気《ゆうき》がいることかと……。そうそう、今日《きょう》は特別《とくべつ》なお客様《きゃくさま》もいらしているのよ」

それは後水尾天皇《ごみずのおてんのう》の中宮《ちゅうぐう》・和子《まさこ》でした。身《み》ごもっているのでお腹《なか》がふくよかです。和子《まさこ》はお忍《しの》びで九条家《くじょうけ》に来《き》ていたのでした。

「ごきげんよう、孝子殿《たかこどの》。この度《たび》はおめでとうございます」

和子《まさこ》は将軍《しょうぐん》・家光《いえみつ》の妹《いもうと》であると同時《どうじ》に、完子《さだこ》の異父妹《いふまい》でもあります。生母《せいぼ》の江《ごう》が三度結《どけっ》婚《こん》しているのですが、二度目《どめ》の夫《おっと》との間《あいだ》にできたのが完子《さだこ》で、その夫《おっと》と死別《しべつ》したのちに嫁《とつ》いだのが第二代将軍《だいにだいしょうぐん》であった秀忠《ひでただ》で、和子《まさこ》は秀忠《ひでただ》との間《あいだ》に生《う》まれた末《すえ》の娘《むすめ》です。

「姉上様《あねうえさま》、ありがとうございます。孝子殿《たかこどの》に一度《いちど》お会《あ》いしてみたかったの」

「ふふっ、実《じつ》は私《わたし》も。少《すこ》しは姉《あね》らしいことをやってみたかったのです。では、さっそく」

和子《まさこ》と完子《さだこ》はうなずき合《あ》うと、

「私《わたし》の兄《あに》をよろしくお願《ねが》いします」

「私《わたし》の弟《おとうと》をよろしくお願《ねが》いしますね」

と孝子《たかこ》に言《い》って微笑《ほほえ》みました。

孝子《たかこ》は面食《めんく》らってしまい、目《め》をぱちくりさせていましたが、やっとのことで、「はい」と返事《へんじ》をしました。優雅《ゆうが》に返《かえ》せなかったことを恥《は》ずかしく思《おも》い、孝子《たかこ》は顔《かお》を赤《あか》くしてしまったのですが、それもふたりには初々《ういうい》しく見《み》えたようです。

「ふふっ、お嫁様《よめさま》っていいわね」

同《おな》じ家《いえ》で育《そだ》ったわけでもないのに仲良《なかよ》く笑《わら》い合《あ》う和子《まさこ》と完子《さだこ》を見《み》て、母親《ははおや》の江《ごう》の人柄《ひとがら》がなんとなくわかったような気《き》になってきました。

(母上《ははうえ》はよく思《おも》っていないようだったけれど、うまくやっていけそうな気《き》がするわ)

こうして、孝子《たかこ》は閏《うるう》8月《がつ》に江戸《えど》へ下《くだ》り、江戸城本丸《えどじょうほんまる》の大奥《おおおく》へ迎《むか》えられたのです。


義母《はは》となる江《ごう》は、おっとりした雰囲気《ふんいき》の小柄《こがら》な女性《じょせい》でした。

「まあ、なんとお綺麗《きれい》な方《かた》でしょう。孝子殿《たかこどの》、よく来《き》てくださいました。上方《かみがた》では『東国《とうごく》は野蛮《やばん》だ、将軍《しょうぐん》は鬼《おに》だ』という噂《うわさ》もまだあると聞《き》きますのに」

「そんなふうに思《おも》ったことはございません。徳川様《とくがわさま》は天下泰平《てんかたいへい》を実現《じつげん》なさったのですから。もし鬼《おに》が現《あらわ》れても、天下一《てんかいち》の将軍様《しょうぐんさま》が退治《たいじ》してくださいますでしょう？」

「あら、うれしいことをおっしゃるのね」

やわらかく微笑《ほほえ》む目元《めもと》が、完子《さだこ》や和子《まさこ》によく似《に》ています。

「義母上様《ははうえさま》、どうぞよしなに」

こうして、まずは江《ごう》の猶子《ゆうし》に迎《むか》えられ、孝子《たかこ》は御台所《みだいどころ》の心構《こころがま》えや仕事《しごと》を覚《おぼ》えることになりました。奥向《おくむき》のことは、すべて将軍《しょうぐん》の妻《つま》の責任下《せきにんか》にあります。

「季節《きせつ》に合《あ》わせて上様《うえさま》や身内《みうち》の衣装《いしょう》の生地《きじ》を呉服屋《ごふくや》に発注《はっちゅう》したり、大名家《だいみょうけ》への贈答《ぞうとう》や、御《ご》婦人方《ふじんがた》への贈《おく》り物《もの》など、一年中《ねんじゅう》やることはいろいろあるの」

覚《おぼ》えられるかしら、と不安《ふあん》になった孝子《たかこ》を江《ごう》はやさしく導《みちび》いてくれました。

「家光《いえみつ》の乳母《うば》の福《ふく》も頼《たよ》りになる人《ひと》よ。将軍《しょうぐん》はひとりで立《た》っているわけじゃないし、重臣《じゅうしん》たちだけで支《ささ》えているわけでもない。徳川《とくがわ》はたくさんの人《ひと》たちの思《おも》いで支《ささ》えられて、この国《くに》を背負《せお》っているの。あなたは将軍家《しょうぐんけ》の第《だい》一の女《おんな》になるわけだけれど、決《けっ》してひとりじゃないのよ。それを忘《わす》れないで」

そうしているうちに、またたく間《ま》に日々《ひび》は流《なが》れ――。

寛永《かんえい》2年《ねん》（1625年《ねん》）8月9日《がつここのか》には家光《いえみつ》と孝子《たかこ》の「大婚《たいこん》の儀《ぎ》」が盛大《せいだい》に行《おこな》われることになりました。孝子《たかこ》は二十四歳《さい》、家光《いえみつ》は二十二歳《さい》です。

孝子《たかこ》の筆頭老女《ひっとうろうじょ》である奥《おく》の局《つぼね》が、緊張《きんちょう》した面持《おもも》ちで言《い》いました。

「いよいよですね、孝子様《たかこさま》。いえ……これからは御台様《みだいさま》ですね」

「ええ……って、あなたも大奥《おおおく》を仕切《しき》る立場《たちば》になるのよ。頼《たよ》りにしていますからね」

孝子《たかこ》は自信《じしん》にあふれた顔《かお》で微笑《ほほえ》みました。

(大丈夫《だいじょうぶ》、わたくしは立派《りっぱ》にやれる。わたくしは由緒正《ゆいしょただ》しき摂家《せっけ》の姫《ひめ》。皆《みな》が従《したが》うのは当然《とうぜん》だけれど、上《うえ》に立《た》つ者《もの》としてふさわしく振《ふ》る舞《ま》ってみせるわ)

大婚《たいこん》の儀《ぎ》が無事《ぶじ》に終《お》わり、いよいよふたりきりの夜《よる》を迎《むか》えた日《ひ》。

予想《よそう》もしなかったことが起《お》こりました。

「そなたもご苦労《くろう》であった。ゆっくり休《やす》め」

家光《いえみつ》はそう言《い》うと、部屋《へや》から出《で》て行《い》ってしまったのです。

(え……。わたくしが疲《つか》れていると思《おも》ったのかしら)

その夜《よる》、孝子《たかこ》はひとりで休《やす》みました。

最初《さいしょ》は孝子《たかこ》の体調《たいちょう》を気遣《きづか》ってくれているのかと思《おも》ったのですが、それは違《ちが》うというのは間《ま》もなくわかりました。家光《いえみつ》は女《おんな》に興味《きょうみ》がないのです。

（わたくしは摂家《せっけ》の姫《ひめ》。大事《だいじ》にされて当然《とうぜん》なのに！　この状況《じょうきょう》はなに？　許《ゆる》せないわ）
孝子《たかこ》は毎日《まいにち》、苛立《いらだ》ちで波立《なみだ》つ心《こころ》をなんとか抑《おさ》えました。
こんなことで騒《さわ》ぎ立《た》てるのは、教養《きょうよう》のない下々《しもじも》の女《おんな》がすることだと思《おも》ったからです。
が、ふたりの夫婦仲《ふうふなか》がうまくいっていないのは誰《だれ》の目《め》にも明《あき》らかで、
「上様《うえさま》があのような方《かた》だったとは……」
「では、姫様《ひめさま》はなんのために嫁《とつ》がれたのか」
老女《ろうじょ》たちも困《こま》った顔《かお》を突《つ》き合《あ》わせて、ため息《いき》をつきます。
（わたくしはただの飾《かざ》り物《もの》？）
自分《じぶん》は政治《せいじ》の道具《どうぐ》。
それはわかっていました。
いえ、わかっているつもりだったのですが――。
（どうして？　なぜ、涙《なみだ》が出《で》るの？）
孝子《たかこ》はどんどん気力《きりょく》を失《うしな》っていき……結局《けっきょく》、体調《たいちょう》が優《すぐ》れないということにして、大奥《おおおく》は
福《ふく》が代《か》わりに仕切《しき》るようになっていったのです。

寛永《かんえい》3年《ねん》（1626年《ねん》）8月《がつ》、家光《いえみつ》が父《ちち》の秀忠《ひでただ》と弟《おとうと》の忠長《ただなが》とともに、上洛《じょうらく》することになりました。翌月《よくげつ》の9月《がつ》に、京《きょう》の二条城《にじょうじょう》へ後水尾天皇《ごみずのおてんのう》の行幸《ぎょうこう》を仰《あお》ぐ予定《よてい》なのです。

江《ごう》は病《やまい》で臥《ふ》せっていますので、家光《いえみつ》が出発《しゅっぱつ》したのち、孝子《たかこ》はお見舞《みま》いに行《い》きました。

「義母上様《ははうえさま》、上様《うえさま》が京《きょう》へ上《のぼ》られておさみしいかと思《おも》いまして」

「わざわざありがとう……来《き》てくださってうれしいわ。あなたのことは、いつも心配《しんぱい》していたの……。ごめんなさいね。せっかく嫁《とつ》いでくださったのに……」

「義母上様《ははうえさま》……」

江《ごう》はもう長《なが》くないのだと悟《さと》り、孝子《たかこ》の目《め》に涙《なみだ》が込《こ》み上《あ》げてきました。

（ああ、この方《かた》はすべて知《し》っていたのだ。その上《うえ》で、わたくしに期待《きたい》をかけたのだわ。上様《うえさま》が妻《つま》を愛《あい》し、子《こ》をなすのを。徳川宗家《とくがわそうけ》の存続《そんぞく》をわたくしに託《たく》して……。なのに、わたくしは上様《うえさま》の心《こころ》に寄《よ》り添《そ》おうとせず、隔《へだ》たりを置《お》いてしまった。何度《なんど》でも、打《う》ち解《と》けるまで話《はな》しかければよかったのに……）

しかし、今《いま》となってはそれも難《むずか》しい気《き》がします。

ですが、江《ごう》に少《すこ》しでも元気《げんき》になってほしくて、孝子《たかこ》は微笑《ほほえ》みました。

「義母上様《ははうえさま》。義母上様《ははうえさま》がお元気《げんき》になられたら、上様《うえさま》と三人《にん》で紅葉《もみじ》でも愛《め》でましょう」

叶《かな》わない約束《やくそく》だと思《おも》いながら、孝子《たかこ》は涙《なみだ》をこらえて江《ごう》の痩《や》せさらばえた手《て》を取《と》り、そっと握《にぎ》ったのです。

そして、９月《がつ》15日《にち》……十五夜《じゅうごや》に、江《ごう》は静《しず》かにあの世《よ》へと旅立《たびだ》っていきました。


江《ごう》が亡《な》くなったことは、孝子《たかこ》にとって大《おお》きな衝撃《しょうげき》でした。

気鬱《きうつ》の病《やまい》は徐々《じょじょ》に孝子《たかこ》の心《こころ》を削《けず》り取《と》っていき、

「これで上様《うえさま》は義理立《ぎりだ》てする必要《ひつよう》がなくなった」

「わたくしなどいらぬ存在《そんざい》。消《き》えてなくなったとて、誰《だれ》も気《き》に留《と》めやしないわ！」

「わたくしはお飾《かざ》りの妻《つま》。人形《にんぎょう》のように澄《す》ましていればいいのでしょう？」

「あははは……ふふふっ……」

江《ごう》が亡《な》くなって二年《ねん》が過《す》ぎた頃《ころ》には、泣《な》きわめいて暴《あば》れることも度々《たびたび》になり――。

やがて、見《み》かねた義父《ちち》の秀忠《ひでただ》が行動《こうどう》に出《で》ました。

孝子《たかこ》を本丸《ほんまる》から遠《とお》ざけ、中《なか》の丸《まる》に御殿《ごてん》を建《た》ててそこに移《うつ》すことにしたのです。

「ここでゆっくり過《す》ごしてほしい。夫婦《ふうふ》のことに口《くち》は出《だ》したくなかったのだが、親《おや》として申《もう》し訳《わけ》ない気持《きも》ちでいっぱいだ」

「……義父上《ちちうえ》、大御台様《おおみだいさま》のようになれず……申《もう》し訳《わけ》ございません」

中《なか》の丸《まる》に移《うつ》ったことで、孝子《たかこ》は「中《なか》の丸殿《まるどの》」と呼《よ》ばれるようになりました。

自分《じぶん》のために建《た》てられた新居《しんきょ》というものは、うれしいものです。

誰《だれ》かの思《おも》いや憎《にく》しみや悲《かな》しみが染《し》みついたりしていません。

本丸《ほんまる》と違《ちが》って人《ひと》が少《すく》なく、時間《じかん》もゆったり流《なが》れているような気《き》がします。

（わたくしのための御殿《ごてん》、ここはわたくしを閉《と》じ込《こ》めておくための――）

「……ふふっ」

その先《さき》の言葉《ことば》を飲《の》み込《こ》んで、孝子《たかこ》は新《あたら》しい木《き》の香《か》のする柱《はしら》をそっと撫《な》でたのでした。

❖将軍《しょうぐん》の正室《せいしつ》はお飾《かざ》り?❖

　春日局《かすがのつぼね》は老中《ろうじゅう》に匹敵《ひってき》する権力《けんりょく》を得《え》たと言《い》われていますが、それをよく表《あらわ》しているのが、「島原《しまばら》の乱《らん》」の対策会議《たいさくかいぎ》です。キリシタン鎮圧《ちんあつ》の総大将《そうだいしょう》を誰《だれ》にするかを話《はな》し合《あ》った際《さい》、老中《ろうじゅう》のひとりが皮《ひ》肉《にく》を込《こ》めて「上様《うえさま》のおぼえめでたい春日局殿《かすがのつぼねどの》にすればいい」と言《い》ったとか。

　しかし、そもそも乳母《うば》に過《す》ぎない彼女《かのじょ》の権威《けんい》が高《たか》まったのは、家光《いえみつ》の正室《せいしつ》・鷹司孝子《たかつかさたかこ》がその責《せき》務《む》を果《は》たせなかったためです。孝子《たかこ》は結婚《けっこん》したばかりの頃《ころ》は若御台《わかみだい》（家光生母《いえみつせいぼ》の江《ごう》は大御台《おおみだい》）と呼《よ》ばれていましたが、夫婦仲《ふうふなか》が悪《わる》く、やがて別居《べっきょ》となったので……。

　けれど、このような前例《ぜんれい》があるにもかかわらず、以後《いご》、将軍《しょうぐん》の正室《せいしつ》には宮家《みやけ》か公家《くげ》の姫《ひめ》を京《きょう》から迎《むか》えています。将軍家《しょうぐんけ》にとって家格《かかく》の高《たか》い家《いえ》から妻《つま》を娶《めと》ることは権威《けんい》の象徴《しょうちょう》でもあり、同時《どうじ》に大名《だいみょう》の力《ちから》を封《ふう》じる意図《いと》もありました。たとえば、大名《だいみょう》の娘《むすめ》を正室《せいしつ》に迎《むか》えた場合《ばあい》、間《あいだ》に生《う》まれた男《だん》児《じ》が将軍《しょうぐん》になったとき、その大名《だいみょう》が外戚《がいせき》として権力《けんりょく》を握《にぎ》ることも考《かんが》えられるからでしょうね（自《じ》分《ぶん》の娘《むすめ》を天皇《てんのう》に嫁《とつ》がせて権勢《けんせい》をふるった藤原道長《ふじわらのみちなが》や平清盛《たいらのきよもり》しかり……）。

お振《ふり》の方《かた》

——敵《てき》の娘《むすめ》から将軍《しょうぐん》の妻《つま》となった薄幸《はっこう》の美少女《びしょうじょ》——

寛永《かんえい》3年《ねん》（1626年《ねん》）秋《あき》、江戸城《えどじょう》――。

「わたし、前《まえ》から一度《いちど》、お城《しろ》の中《なか》を見《み》てみたかったの！」

孫娘《まごむすめ》のお振《ふり》がはしゃいだ声《こえ》を上《あ》げるのを見《み》て、祖母《そぼ》の古那《こな》が微笑《ほほえ》みました。

お振《ふり》は八歳《さい》ですが、古那《こな》は祖母《そぼ》といってもまだ三十八歳《さい》ですので、このふたりは親子《おやこ》のように見《み》えます。

「今日《きょう》は親戚《しんせき》のお福様《ふくさま》にお会《あ》いするから、おとなしくしているのよ。これ、裾《すそ》が乱《みだ》れるから大股《おおまた》で歩《ある》いてはだめ、といつも言《い》っているでしょう」

「はーい」

お振《ふり》は少《すこ》し口《くち》を尖《とが》らせましたが、そっと着物《きもの》のズレを直《なお》しました。

（男子《おのこ》のようで困《こま》ったと思《おも》っていたけれど、どうしてどうして、立派《りっぱ》に女子《おなご》としての恥《は》じらいがあるじゃないの）

古那《こな》とお振《ふり》は大奥《おおおく》に入《はい》り、福《ふく》の身内《みうち》ということで彼女《かのじょ》の部屋《へや》に通《とお》されました。

お振《ふり》はドキドキしながら座《すわ》り、目《め》を丸《まる》くしました。

（わあ……なんて広《ひろ》い部屋《へや》！　上様《うえさま》の乳母《うば》って本当《ほんとう》にすごいのね。ひとりでこんなところに住《す》んでいるなんて）

ひとくちに〝部屋《へや》〟といっても、いくつかの部屋《へや》を合《あ》わせて呼《よ》ぶようです。お振《ふり》たちが通《とお》ってきたところを合《あ》わせ、八畳《じょう》が二部屋《ふたへや》、十二畳《じょう》が二部屋《ふたへや》というところでしょうが、もしかしたら、まだまだ奥《おく》に部屋《へや》があるかもしれません。

（欄間《らんま》の釘隠《くぎかく》し、ピカピカね。この畳《たたみ》もとても綺麗《きれい》。あれはなに？　簞笥《たんす》？　階段《かいだん》……？もしかして上《うえ》にも部屋《へや》があるの？）

座《すわ》っていても、お振《ふり》はきょろきょろとあたりを見《み》たり、首《くび》を伸《の》ばして隅々《すみずみ》まで部屋《へや》の中《なか》を見渡《みわた》そうとしたりするので、古那《こな》が見《み》かねて小《ちい》さな頭《あたま》に手《て》を置《お》きました。

「これ、落《お》ち着《つ》きのない。きちんと座《すわ》りなさい」

「はい……すみません」

お振《ふり》は背筋《せすじ》を伸《の》ばして座《すわ》り直《なお》しました。そんなとき、無意識《むいしき》にでも襟《えり》や裾《すそ》を正《ただ》したことを古那《こな》は見《み》ていました。

やがて、福《ふく》がやってきました。

「お待《ま》たせして申《もう》し訳《わけ》ありません。古那殿《こなどの》、よくいらっしゃいました。して、その子《こ》が？」

「はい、こちらが私《わたし》の孫娘《まごむすめ》・お振《ふり》でございます」

「お福様《ふくさま》、今日《きょう》はお城《しろ》の見学《けんがく》に招待《しょうたい》していただき、ありがとうございます」

お振《ふり》は今朝《けさ》、古那《こな》に練習《れんしゅう》させられたばかりの台詞《せりふ》を言《い》い、手《て》をついて頭《あたま》を下《さ》げました。

「あら、きちんとごあいさつできるのね。お振《ふり》はいくつなの？」

「八歳《さい》にございます！」

「まあ、元気《げんき》なこと」

「すみませぬ、落《お》ち着《つ》きのないことで」

「ふふっ、子《こ》どもは元気《げんき》なのがいちばんですよ。それより古那殿《こなどの》、時折《ときおり》、大奥《おおおく》に来《き》て私《わたし》や上様《うえさま》の話《はな》し相手《あいて》になってくれませぬか。上様《うえさま》はこの前《まえ》、お母上《ははうえ》を亡《な》くされたばかりで……お心《こころ》を慰《なぐさ》めてほしいのです」

「光栄《こうえい》なお話《はなし》にございます。私《わたし》でよければ」

すると、古那《こな》の横《よこ》で聞《き》いていたお振《ふり》が「わたしも！」と声《こえ》を上《あ》げました。

「わたしも上様《うえさま》とお話《はなし》したいです」

「あら、まあ。それはうれしいお申《もう》し出《で》だけれど、そなたはまだ小《ちい》さすぎます。そうだわ、大奥《おおおく》で行儀見習《ぎょうぎみなら》いをしてはどう？　同《おな》じ年頃《としごろ》の娘《むすめ》も何人《なんにん》かおりますよ」

こうして福《ふく》に誘《さそ》われ、お振《ふり》は数《かぞ》え八歳《さい》にして大奥《おおおく》で働《はたら》くことになったのでした。


それから、またたく間《ま》に十年《ねん》の歳月《さいげつ》が流《なが》れ――。

寛永《かんえい》13年《ねん》（１６３６年《ねん》）、福《ふく》――春日局《かすがのつぼね》は大奥《おおおく》にある自分《じぶん》の部屋《へや》で重《おも》いため息《いき》をついていました。前々《まえまえ》からの悩《なや》みをさらに深《ふか》めていたのです。

昨年《さくねん》の寛永《かんえい》12年《ねん》（１６３５年《ねん》）、「武家諸法度《ぶけしょはっと》」が改正《かいせい》され、それまであいまいだった参《さん》勤交代《きんこうたい》が制度化《せいどか》されました。

こうして幕藩体制《ばくはんたいせい》が固《かた》まり、将軍《しょうぐん》の権威《けんい》も高《たか》まったのですが――。

(政《まつりごと》は男《おとこ》たちがやる。けれど、お世継《よつ》ぎ問題《もんだい》は男女《だんじょ》そろってこそ解決《かいけつ》できること！　上様《うえさま》に女人《にょにん》に関心《かんしん》を持《も》ってもらうにはどうしたらいいのか……)

家光《いえみつ》はいまだに女《おんな》に関心《かんしん》がなく、お気《き》に入《い》りの男《おとこ》たちと弓《ゆみ》の稽古《けいこ》をしたり、酒《さけ》を飲《の》んだりするほうが楽《たの》しいようです。

そんなある日《ひ》、春日《かすが》はお茶《ちゃ》を持《も》ってきたお振《ふり》に目《め》を留《と》めました。

「お振《ふり》、そなた、いくつになった？」

「十八でございますが……？」

昔《むかし》、歳《とし》を訊《き》いたときは元気《げんき》よく答《こた》えていましたが、さすがに大奥《おおおく》で働《はたら》いて十年《ねん》も経《た》つと声《こえ》も物腰《ものごし》も落《お》ち着《つ》いています。けれど、弾《はじ》けるような若《わか》さがにじみ出《で》ているのを、春日《かすが》は見逃《みのが》しませんでした。

(ふむ、ひとつ試《ため》してみるか)

翌日《よくじつ》、春日《かすが》は試《ため》しにお振《ふり》に男物《おとこもの》の着物《きもの》を着《き》せてみました。

「まあ、美《うつく》しい若衆《わかしゅ》だこと」

「素敵《すてき》！　お振《ふり》さんになら、わたし、貢《みつ》いじゃうかも」

春日《かすが》の部屋子《へやこ》たちはきゃあきゃあ笑《わら》い、お振《ふり》を〝いい男《おとこ》〟だともてはやします。

「ふふっ、ちょいとそこのお嬢《じょう》さん、お茶《ちゃ》でもどうだい？」

男装《だんそう》の麗人《れいじん》となったお振《ふり》は興《きょう》に乗《の》って、部屋子《へやこ》たちの肩《かた》に手《て》を置《お》いたりしています。

悪《わる》ふざけはともかく、春日《かすが》はお振《ふり》の姿《すがた》を見《み》て、

（やはり、お振《ふり》は家光様《いえみつさま》の好《この》みかもしれない）

と思《おも》ったのです。

が、お振《ふり》は古那《こな》から預《あず》かっている大事《だいじ》な孫娘《まごむすめ》ですので、勝手《かって》に決《き》めるわけにはいきません。善《ぜん》は急《いそ》げということで、春日《かすが》は古那《こな》を呼《よ》びだし、「お振《ふり》を上様《うえさま》の側室《そくしつ》にと思《おも》っている」旨《むね》を持《も》ちかけました。が、これを聞《き》くなり、古那《こな》は険《けわ》しい顔《かお》をしました。

「あの……お忘《わす》れですか？　あの子《こ》は徳川《とくがわ》にとって敵方《てきかた》の血筋《ちすじ》を受《う》け継《つ》いでおりますので、上様《うえさま》にふさわしくないのでは？」

お振《ふり》の父《ちち》・吉右衛門《きちえもん》は、かつて蒲生家《がもうけ》で家老《かろう》を務《つと》めていた岡重政《おかしげまさ》の息子《むすこ》でした。

祖父《そふ》にあたる重政《しげまさ》は「蒲生騒動《がもうそうどう》」と呼《よ》ばれる事件《じけん》に深《ふか》く関《かか》わり、蒲生家《がもうけ》に嫁《とつ》いでいた家《いえ》康《やす》の三女《じょ》、その名《な》も振姫《ふりひめ》と対立《たいりつ》。怒《おこ》った家康《いえやす》は重政《しげまさ》を駿府《すんぷ》に呼《よ》び出《だ》し、切腹《せっぷく》させたのです。

それに加《くわ》え、重政《しげまさ》の母《はは》は家康《いえやす》の宿敵《しゅくてき》であった石田三成《いしだみつなり》の娘《むすめ》でしたので、お振《ふり》は三成《みつなり》の曽《ひ》孫《まご》にあたるのです。古那《こな》はこれらのことを懸念《けねん》して、お振《ふり》は「家光《いえみつ》にふさわしくない」と言《い》ったのですが、春日《かすが》は首《くび》を振《ふ》りました。

「そなたこそ忘《わす》れていませんか？　お振《ふり》は稲葉《いなば》の血《ち》を引《ひ》く娘《むすめ》でもあるのですよ」

春日《かすが》は稲葉《いなば》一鉄《いってつ》の孫《まご》（娘《むすめ》の子《こ》）、古那《こな》は一鉄《いってつ》の曽孫《ひまご》（一鉄《いってつ》の側室《そくしつ》が産《う》んだ長男《ちょうなん》の孫《まご》）、お振《ふり》は曽々孫《ひひまご》という関係《かんけい》です。

「それに関ヶ原《せきがはら》から三十年《ねん》経《た》っているのです。気《き》にすることはありません」

「そうですか。お福様《ふくさま》がそうおっしゃるなら……」

古那《こな》の許可《きょか》を得《え》た春日《かすが》は、すぐに行動《こうどう》に出《で》ました。

お振《ふり》を男装《だんそう》させ、家光《いえみつ》の部屋《へや》へ茶《ちゃ》を持《も》っていかせたのです。

「おぬしは新《あたら》しい小姓《こしょう》か？　ん……？　男《おとこ》と思《おも》ったが女子《おなご》か？」

「はい、振《ふり》と申《もう》します……」

将軍《しょうぐん》に茶《ちゃ》を出《だ》すことなど初《はじ》めてですので、お振《ふり》の手《て》が緊張《きんちょう》で震《ふる》えています。

「そうか、振《ふり》と申《もう》すのか。歳《とし》は？」

「十八にございます……あっ」

茶《ちゃ》を置《お》いたあと、引《ひ》っ込《こ》めようとした手《て》を家光《いえみつ》がつかみました。


こうして、春日《かすが》の作戦《さくせん》は見事《みごと》に成功《せいこう》。

お振《ふり》を男装《だんそう》させてそばに侍《はべ》らせると、珍《めずら》しく思《おも》ったのかすぐに家光《いえみつ》の手《て》がついたのです。

(上様《うえさま》がやっと……やっと！　女子《おなご》に興味《きょうみ》を示《しめ》してくださった！)

お振《ふり》の方《かた》が側室《そくしつ》になった翌年《よくとし》の寛永《かんえい》14年《ねん》（1637年《ねん》）閏《うるう》3月5日《がついつか》、第一子《だいいっし》となる姫《ひめ》が誕生《たんじょう》しました。家光《いえみつ》、三十四歳《さい》にして初《はつ》の子《こ》です。

「お振《ふり》、よくやった」

「上様《うえさま》……」

大仕事《おおしごと》を成《な》し遂《と》げ、お振《ふり》は微笑《ほほえ》みました。

しかし、子《こ》はすぐに取《と》り上《あ》げられてしまいました。

「乳《ちち》をあげるのは乳母《うば》の役目《やくめ》です。そなたは次《つぎ》の子《こ》に備《そな》えてくださいね」

「え……」

「上様《うえさま》の御生母《ごせいぼ》・お江様《ごうさま》もそうでした。腹《はら》を痛《いた》めて産《う》んだ子《こ》は、自分《じぶん》の分身《ぶんしん》のようなもの。身《み》を切《き》られるようにつらいというのはわかります。ですが、お江様《ごうさま》はそれを耐《た》えて、秀忠《ひでただ》公《こう》との間《あいだ》に七人《にん》もの子《こ》をお産《う》みになったのです。あなたを正室《せいしつ》の座《ざ》につけることはできませんが、将軍生母《しょうぐんせいぼ》の地位《ちい》ならば、まだ望《のぞ》みはあります。どうか我慢《がまん》しておくれ。そして、次《つぎ》こそ男子《おのこ》を頼《たの》みますぞ」

春日《かすが》にそう言《い》われ、お振《ふり》は愕然《がくぜん》としました。

（わたしが産《う》んだのに、この腕《うで》に抱《だ》くことも叶《かな》わないなんて！）

鬱々《うつうつ》とした気持《きも》ちのまま、日々《ひび》は流《なが》れ――。

お振《ふり》が産《う》んだ姫《ひめ》は7月《がつ》のお宮参《みやまい》りののち、天海僧正《てんかいそうじょう》に千代《ちよ》と名付《なづ》けられました。

「おお、この子《こ》にふわさしい名《な》だ。ああ、男《おとこ》だったら将軍《しょうぐん》にしたものを」

家光《いえみつ》は目《め》に入《い》れても痛《いた》くないとばかりに千代姫《ちよひめ》を抱《だ》き、とろけるような顔《かお》をしました。

けれど反対《はんたい》に、あとからこの様子《ようす》を聞《き》いたお振《ふり》は沈《しず》んだ顔《かお》になったのです。

（また取《と》り上《あ》げられるなら、わたしは二度《にど》と子《こ》など産《う》みたくない……。上様《うえさま》もわたしをお召《め》しにならないし……わたしはもう用済《ようず》みなのだわ）

お振《ふり》は悲《かな》しみに沈《しず》み、次第《しだい》に病《やまい》がちになっていったのです。

しかし、家光《いえみつ》のほうには大変《たいへん》な事情《じじょう》がありました。この年《とし》の秋《あき》、九州《きゅうしゅう》で「島原《しまばら》の乱《らん》」が起《お》こり、将軍《しょうぐん》として対処《たいしょ》に追《お》われていたのです。

天草四郎《あまくさしろう》と名乗《なの》る少年《しょうねん》を中心《ちゅうしん》に結束《けっそく》を固《かた》めたキリシタンたちの抵抗《ていこう》は思《おも》いのほか強《つよ》く、制圧《せいあつ》のために派遣《はけん》した幕府軍《ばくふぐん》は苦戦《くせん》。海《うみ》を背《せ》にした原城《はらじょう》に立《た》てこもった反乱軍《はんらんぐん》を攻《せ》めるため、幕府《ばくふ》は考《かんが》えた末《すえ》、親交《しんこう》のあるオランダに頼《たの》み、海上《かいじょう》に船団《せんだん》を送《おく》り込《こ》んで砲撃《ほうげき》を加《くわ》えました。これでようやく反乱軍《はんらんぐん》は崩《くず》れ――……。

「島原《しまばら》の乱《らん》」は翌年《よくとし》の寛永《かんえい》15年《ねん》（１６３８年《ねん》）２月《がつ》に終結《しゅうけつ》したのです。

（やっと終《お》わった。これで上様《うえさま》も気持《きも》ちに余裕《よゆう》が持《も》てる）

と春日《かすが》は思《おも》いましたが、このときにはお振《ふり》はもう妊娠《にんしん》を望《のぞ》めるような体調《たいちょう》ではなく……。

だからといって、家光《いえみつ》は他《ほか》の女《おんな》を召《め》し出《だ》そうともしない、という状況《じょうきょう》が続《つづ》きました。

（ああ、早《はや》く後継《あとつぎ》を作《つく》らねばならないのに）

春日《かすが》がやきもきしている中《なか》、早《はや》くも千代姫《ちよひめ》の縁談《えんだん》が持《も》ち上《あ》がりました。相手《あいて》は十二歳上《さいうえ》。家光《いえみつ》の従弟《いとこ》にあたる尾張徳川家《おわりとくがわけ》の二代目《だいめ》となる光義《みつよし》（のちの光友《みつとも》）です。

この縁談《えんだん》を強《つよ》く望《のぞ》んだのは、光義《みつよし》の祖母《そぼ》・お亀《かめ》の方《かた》（相応院《そうおういん》）でした。彼女《かのじょ》は家康《いえやす》の側《そく》室《しつ》で、家康《いえやす》の九男《なん》・義直《よしなお》の生母《せいぼ》です。

「聞《き》けば、お振《ふり》の方《かた》は病《やまい》がちとか。それではなにかと大変《たいへん》でしょう。私《わたし》が幼《おさな》い頃《ころ》から姫様《ひめさま》を手元《てもと》で育《そだ》て、立派《りっぱ》なお嫁様《よめさま》にいたしますので、どうか……！」

「わかりました。相応院様《そうおういんさま》が、そこまでおっしゃるのなら」

家光《いえみつ》は快諾《かいだく》し、こうして千代姫《ちよひめ》と光義《みつよし》の縁組《えんぐみ》が成立《せいりつ》したのです。

輿入《こしい》れは翌年《よくとし》に決《き》まりましたので、家光《いえみつ》はかわいい娘《むすめ》のために最高《さいこう》の嫁入《よめい》り道具《どうぐ》を整《ととの》えるよう手配《てはい》しました。この話《はなし》を聞《き》いたお振《ふり》は「もうお嫁《よめ》に行《い》ってしまうなんて……」と、自身《じしん》と娘《むすめ》の縁《えん》の薄《うす》さを嘆《なげ》きました。

春日《かすが》もさすがに鬼《おに》ではありませんので、お振《ふり》の体調《たいちょう》のいいときを見計《みはか》らい、千代姫《ちよひめ》を連《つ》れて見舞《みま》いに訪《おとず》れました。そばには古那《こな》もいます。

「千代姫様《ちよひめさま》、おかか様《さま》ですよ。さあ――」

古那《こな》が乳母《うば》から小《ちい》さな姫《ひめ》を抱《だ》きとり、お振《ふり》に顔《かお》を見《み》せました。

「抱《だ》いていいのよ、お振《ふり》」

「え……」

お振《ふり》は意外《いがい》そうな顔《かお》をしました。

春日《かすが》がやさしくしてくれるのが信《しん》じられなかったのです。

「私《わたし》も子《こ》と離《はな》れるつらさを知《し》っておりますゆえ……。今日《きょう》は思《おも》う存分《ぞんぶん》、抱《だ》き締《し》めてあげてくださいまし」

思《おも》えば春日《かすが》も、家光《いえみつ》の乳母《うば》になるために乳飲《ちの》み子《ご》を置《お》いて江戸《えど》に下向《げこう》してきたという過去《かこ》があります。

「ふふっ、千代姫様《ちよひめさま》。母《はは》はあなた様《さま》のおしあわせをずっと願《ねが》っておりますからね」

お振《ふり》はふっくらとした小《ちい》さな頬《ほほ》にそっと頬《ほお》ずりし、我《わ》が子《こ》のぬくもりを感《かん》じたのでした。

千代姫《ちよひめ》は、寛永《かんえい》16年《ねん》（1639年《ねん》）9月《がつ》、数《かぞ》え三歳《さい》でお嫁《よめ》に行《い》き——。

翌年《よくとし》の8月《がつ》、お振《ふり》は江戸城《えどじょう》にて死去《しきょ》。二十二歳《さい》という若《わか》さでした。

お万《まん》の方《かた》

——尼僧《にそう》から将軍《しょうぐん》の妻《つま》、そして大奥総取締《おおおくそうとりしまり》へ——

寛永《かんえい》16年《ねん》（1639年《ねん》）3月《がつ》、白《しろ》い頭巾《ずきん》をかぶった尼僧《にそう》の一行《いっこう》が江戸《えど》に入《はい》りました。

「やっと江戸《えど》に着《つ》きましたね、院主様《いんじゅさま》。足《あし》は痛《いた》くないですか？」

「ふふっ、大丈夫《だいじょうぶ》よ、お玉《たま》。気遣《きづか》ってくれてありがとう」

院主《いんじゅ》と呼《よ》ばれたのは、まだ十代半《だいなか》ばを過《す》ぎた若《わか》い女《おんな》でした。連《つ》れの三人《にん》の尼僧《にそう》たちも同《おな》じくらいの歳《とし》か彼女《かのじょ》より四、五歳下《さいした》という感《かん》じです。

「それにしても、江戸《えど》はにぎやかですね」

「ええ、東海道《とうかいどう》には大《おお》きな町《まち》がたくさんありましたけれど、規模《きぼ》がまるで違《ちが》う……」

おのぼりさん丸出《まるだ》しできょろきょろしていますと、客引《きゃくひ》きの男《おとこ》が寄《よ》ってきました。

「おっ、尼《あま》さんの御一行《ごいっこう》かい。今夜《こんや》の宿《やど》は決《き》まってるのかい？」

すると、他《ほか》の宿《やど》の客引《きゃくひ》きの女《おんな》が割《わ》って入《はい》ってきて、

「そっちじゃなくて、うちにお泊《と》まりよ。女《おんな》の人《ひと》に評判《ひょうばん》の宿《やど》だよ」

「おっと、横入《よこはい》りすんなって。おいらの客《きゃく》だぜ？」

「院主様《いんじゅさま》、早《はや》くここを抜《ぬ》けましょう」

「つれないなあ。休憩《きゅうけい》だけでも寄《よ》って――」

客引《きゃくひ》きの男《おとこ》が院主《いんじゅ》の袖《そで》を引《ひ》っ張《ぱ》ろうとしたとたん、その手《て》が杖《つえ》で打《う》ち据《す》えられました。

「痛《い》てっ、なにすんだい！」

「わたしたちの宿所《しゅくしょ》は決《き》まっておりますゆえ‼　院主様《いんじゅさま》に近《ちか》づくでないっ！」

目《め》を吊《つ》り上《あ》げてにらんだのは、一行《いっこう》の中《なか》でいちばん若《わか》いお玉《たま》です。

「いや、そんな怖《こわ》い顔《かお》すんなって。なあ？　……って、おい！」

手《て》を叩《たた》かれた男《おとこ》は踵《きびす》を返《かえ》して逃《に》げていきました。周《まわ》りの者《もの》たちが関《かか》わり合《あ》いになりたくないとばかりに、サッといなくなったからです。

「京《きょう》は雅《みやび》の都《みやこ》、大坂《おおさか》は商《あきな》いの都《みやこ》、江戸《えど》は武士《ぶし》の都《みやこ》と言《い》いますけれど、町人《ちょうにん》は元気《げんき》がいいのね」

怖《こわ》い思《おも》いをしたというのに院主《いんじゅ》がのんびり微笑《ほほえ》みますと、お玉《たま》が軽《かる》く肩《かた》をすくめました。

「というより、調子《ちょうし》がいいだけでは？」

「それにしても、お玉《たま》ったら、よくあんな真似《まね》できるわね」

「私《わたし》は怖《こわ》くてできないわ」

連《つ》れの尼僧《にそう》たちが怯《おび》えた顔《かお》を見合《みあ》わせましたが、院主《いんじゅ》はにっこりと笑《わら》いました。

「本当《ほんとう》に、お玉《たま》は頼《たの》もしいわね」

「わたしはなにも怖《こわ》くありません。鬼《おに》が出《で》ようが蛇《じゃ》が出《で》ようが、わたしがこの身《み》を張《は》って院主様《いんじゅさま》をお守《まも》りいたします！」

お玉《たま》は鼻息荒《はないきあら》く、杖《つえ》をドンッと地面《じめん》に突《つ》きました。

が、お玉《たま》は小柄《こがら》で院主《いんじゅ》より小《ちい》さいので、ふたりの尼僧《にそう》がくすくす笑《わら》います。

「まあ、小《ちい》さな弁慶《べんけい》だこと。弁慶《べんけい》は大男《おおおとこ》のはずなのにねえ」

「院主様《いんじゅさま》はお美《うつく》しい少年《しょうねん》のようだから、義経《よしつね》だと言《い》っても納得《なっとく》できるけれど。弁慶《べんけい》はお玉《たま》じゃ役者不足《やくしゃぶそく》よねえ」

すると、カチンときたお玉《たま》がふたたび杖《つえ》をドンッと地面《じめん》に突《つ》き、

「わたしに文句《もんく》をつける前《まえ》に、おふたりが院主様《いんじゅさま》の盾《たて》におなりくださいませ！」

「ま……」

「い、言《い》われなくても」

尼僧《にそう》たちが眉根《まゆね》を寄《よ》せ、さすがの院主《いんじゅ》も、

「これ、お玉《たま》。往来《おうらい》で大《おお》きな声《こえ》を出《だ》すものではありませんよ」

とたしなめました。たちまちお玉《たま》がしゅんと肩《かた》を落《お》とします。

「……す、すみませぬ」

「さ、また面倒《めんどう》なことにならないうちに宿所《しゅくしょ》に入《はい》りましょう」

尼僧《にそう》の一行《いっこう》は足《あし》を速《はや》め、あらかじめ決《き》められた宿所《しゅくしょ》に入《はい》り、ひと晩休《ばんやす》みました。

そして、翌日《よくじつ》——院主《いんじゅ》は江戸城《えどじょう》へと向《む》かいました。老中《ろうじゅう》たちが左右《さゆう》にずらりと居並《いなら》ぶ中《なか》、上段《じょうだん》の間《ま》に立派《りっぱ》な身《み》なりの中年《ちゅうねん》の男《おとこ》が座《すわ》っています。

(あれが将軍様《しょうぐんさま》……)

緊張《きんちょう》しつつ、院主《いんじゅ》はあいさつを述《の》べました。

「この度《たび》、伊勢慶光院《いせけいこういん》の院主《いんじゅ》となりましたので継目御礼《つぎめおんれい》に参《まい》りました。御仏《みほとけ》に仕《つか》え、これまでの院主様《いんじゅさま》たちの御心《おこころ》にも適《かな》うよう精進《しょうじん》いたします」

院主《いんじゅ》は頭《あたま》を下《さ》げたまま、将軍《しょうぐん》・家光《いえみつ》の言葉《ことば》を待《ま》ったのですが——。

「………」

家光《いえみつ》はなにも言《い》いません。

(わたくし、なにか間違《まちが》ったことを言《い》ったかしら……？)

院主《いんじゅ》がドキドキしながら頭《あたま》を下《さ》げていますと、家光《いえみつ》がハッと我《われ》に返《かえ》った気配《けはい》がして、

「うむ、ご苦労《くろう》であった」

と声《こえ》が聞《き》こえました。

そのあと、八方《はっぽう》に載《の》せた祝儀《しゅうぎ》の目録《もくろく》を渡《わた》されて、それを押《お》しいただくと儀式《ぎしき》は終《お》わりました。伊勢《いせ》からの進物《しんもつ》はすでに献上《けんじょう》してあります。

(無事《ぶじ》に済《す》んでよかったわ)

院主《いんじゅ》がホッとして下《さ》がったのち、廊下《ろうか》にて控《ひか》えていた家光《いえみつ》の乳母《うば》・春日局《かすがのつぼね》が鋭《するど》い瞳《ひとみ》でなにやら考《かんが》え事《ごと》をしていました。

(先《さき》ほどの上様《うえさま》の目《め》……)

家光《いえみつ》はどうやら、若《わか》き院主《いんじゅ》にひとめぼれをしたようなのです。

(少年《しょうねん》のような顔立《かおだ》ちだが、美《うつく》しく気品《きひん》に満《み》ちている……もとはどこの娘《むすめ》だ？)

お振《ふり》は男装《だんそう》をさせてそばに上《あ》がらせたらお手《て》がつきましたし、やはり、家光《いえみつ》は少年《しょうねん》っぽい女《おんな》を好《この》むようです。

さっそく素性《すじょう》を調《しら》べると、公家《くげ》の六条有純《ろくじょうありずみ》の娘《むすめ》だということがわかりました。

(若《わか》いし、健康《けんこう》。あの者《もの》ならば……！)

そう、よりにもよって春日《かすが》は家光《いえみつ》の側室候補《そくしつこうほ》として、この若《わか》き院主《いんじゅ》に目《め》をつけたのです。

翌日《よくじつ》、院主《いんじゅ》たちが出《で》かけようとすると、駕籠《かご》が四丁《ちょう》やってきて宿所《しゅくしょ》の前《まえ》に停《と》まりました。

「慶光院《けいこういん》の院主様《いんじゅさま》ご一行《いっこう》ですね。どうぞお乗《の》りください」

「え……？　いえ、わたくしたちは駕籠《かご》など頼《たの》んでおりませんが」

「そう言《い》われても困《こま》ります。今日《きょう》はまず増上寺《ぞうじょうじ》の御廟所《ごびょうしょ》に行《い》かれるのでしょう？」

「は、はい、そうですが……。駕籠《かご》はどなたが？」

「春日局様《かすがのつぼねさま》からです。長旅《ながたび》でお疲《つか》れでしょうから、お使《つか》いくださいと」

「まあ……」

院主《いんじゅ》は目《め》を丸《まる》くしました。春日局《かすがのつぼね》は家光《いえみつ》の乳母《うば》。京《きょう》でも有名《ゆうめい》ですので名《な》は知《し》っています。

ですが、一度《いちど》も会《あ》ったことのない彼女《かのじょ》から気《き》を遣《つか》われる意味《いみ》がわかりません。

「お気持《きも》ちだけありがたく受《う》け取《と》っておきます。わたくしたちは自分《じぶん》で歩《ある》ける足《あし》がありますゆえ。どうぞお気遣《きづか》いなく、とお伝《つた》えください」

「えーと……」

駕籠《かご》かきたちは困《こま》った顔《かお》をしましたが、尼僧《にそう》たちを抱《だ》き上《あ》げて無理《むり》に乗《の》せるわけにもいかないので仕方《しかた》なく帰《かえ》っていきました。

「院主様《いんじゅさま》、いいのですか？」

「ええ、お気遣《きづか》いいただく理由《りゆう》がわかりませんので。さ、参《まい》りましょう」

その日《ひ》は歩《ある》いて芝《しば》の増上寺《ぞうじょうじ》まで行《い》き、二代将軍《だいしょうぐん》・秀忠《ひでただ》の廟所《びょうしょ》にお参《まい》りました。

そして、次《つぎ》の日《ひ》、初代将軍《しょだいしょうぐん》・家康《いえやす》を祀《まつ》る上野《うえの》の東照社《とうしょうしゃ》に参拝《さんぱい》しに行《い》こうとしたとき、また同《おな》じことが起《お》こりました。宿所《しゅくしょ》の外《そと》に出《で》たら、駕籠《かご》が四丁《ちょう》待《ま》っていたのです。

「なぜ、また……？」

「上野《うえの》の東照社《とうしょうしゃ》までお送《おく》りせよ、とのことですので、どうか――」

「…………」

院主《いんじゅ》はしばらく考《かんが》え込《こ》んでいましたが、お玉《たま》たちを振《ふ》り返《かえ》りました。

「今日《きょう》は乗《の》せていただきましょう」

「え……いいのですか、院主様《いんじゅさま》」

「ええ、この方《かた》たちの立場《たちば》も考《かんが》えたら、あまり固《かた》くお断《ことわ》りするのも……。それに明日《あす》はもう江戸《えど》を発《た》ちますしね。今日《きょう》だけお言葉《ことば》に甘《あま》えましょう」

「……はい！」

こうして、院主《いんじゅ》たちは上野《うえの》へ向《む》かいました。

家康《いえやす》は日光東照社《にっこうとうしょうしゃ》に眠《ねむ》っていますが、日光《にっこう》は遠《とお》いので、江戸《えど》にいても参拝《さんぱい》できるようにと寛永《かんえい》４年《ねん》（１６２７年《ねん》）に上野《うえの》に東照社《とうしょうしゃ》が建《た》てられたのです。

「さて、これで家康公《いえやすこう》にもごあいさつできました。皆《みな》、ご苦労様《くろうさま》でした」

「明日《あす》には江戸《えど》を発《た》つのですね」

「今度《こんど》は東海道《とうかいどう》を西《にし》へ……。ああ、また大井川《おおいがわ》が増水《ぞうすい》していたらどうしましょう」

「帰《かえ》りにお団子《だんご》でも食《た》べていきましょうか」

と院主《いんじゅ》は言《い》って、一行《いっこう》は上野《うえの》をあとにしました。

しかし、翌日《よくじつ》、院主《いんじゅ》たちは江戸《えど》を発《た》つことができなかったのです。

翌朝早《よくあさはや》くに、驚《おどろ》く人物《じんぶつ》が宿所《しゅくしょ》を訪《たず》ねてきました。

「私《わたし》は上様《うえさま》の乳母《うば》、春日局《かすがのつぼね》と申《もう》します。もうお帰《かえ》りになるのですか？」

春日《かすが》は品《ひん》のいい老婦人《ろうふじん》で、その権勢《けんせい》ぶりに似合《にあ》わず地味《じみ》な衣装《いしょう》を身《み》に纏《まと》っていました。

江戸城《えどじょう》の奥《おく》にいるはずの人物《じんぶつ》がわざわざこんなところまで来《き》たことに驚《おどろ》きつつ、院主《いんじゅ》は丁寧《ていねい》に頭《あたま》を下《さ》げました。

「春日局様《かすがのつぼねさま》、昨日《さくじつ》は駕籠《かご》を手配《てはい》していただき、ありがとうございました。おかげ様《さま》で上野《うえの》の東照社《とうしょうしゃ》へ無事《ぶじ》にお参《まい》りすることができました。江戸《えど》での用《よう》はすべて済《す》みましたゆえ、一日《にち》も早《はや》く伊勢《いせ》に帰《かえ》り、お勤《つと》めに励《はげ》もうと思《おも》います」

「そうですか。でも、せっかくいらしたのですから、もう少《すこ》し江戸見物《えどけんぶつ》をなさっては？」

「ですが……」

「お供《とも》の者《もの》たちを労《ねぎら》うのも上《うえ》に立《た》つ者《もの》の役目《やくめ》では？　皆様《みなさま》、長旅《ながたび》でお疲《つか》れでしょうし、少々《しょうしょう》、羽《はね》を伸《の》ばしても罰《ばち》は当《あ》たらないかと。江戸《えど》の滞在費《たいざいひ》はこちらで持《も》ちますので」

言《い》っている内容《ないよう》はこちらを気遣《きづか》っているものですが、春日《かすが》には有無《うむ》を言《い》わせぬ迫力《はくりょく》がありました。

結局《けっきょく》、滞在《たいざい》を少《すこ》し延《の》ばすことになり――。

春日《かすが》が帰《かえ》ったあと、お供《とも》の尼僧《にそう》ふたりは顔《かお》をほころばせました。

「しばらく江戸《えど》にいてもいいのね」

「なら、愛宕山《あたごやま》に行《い》ってみたいわ。……あの、院主様《いんじゅさま》？」

「三人《にん》で行《い》ってらっしゃい。わたくしはやることがありますので」

「そうですか、では――」

ふたりはいそいそと出《で》かけていきましたが、

「お玉《たま》は出《で》かけなくていいの？」

「わたしは院主様《いんじゅさま》のおそばにおります。弁慶《べんけい》ですから」

「まあ、そんなに気張《きば》らなくても」

その日《ひ》、院主《いんじゅ》は伊勢《いせ》から携帯《けいたい》してきた持仏《じぶつ》を部屋《へや》に祀《まつ》り、静《しず》かに経《きょう》を唱《とな》えたり、書物《しょもつ》を読《よ》んだりして過《す》ごしました。

そんな日々《ひび》がしばらく続《つづ》きましたが、幕府《ばくふ》からは一向《いっこう》に伊勢《いせ》へ戻《もど》る許可《きょか》が出《で》ません。

(……いつになったら、伊勢《いせ》へ戻《もど》れるのかしら)

半月《はんつき》も過《す》ぎると、最初《さいしょ》の頃《ころ》は浮《う》かれて外出《がいしゅつ》していた尼僧《にそう》たちも、だんだん不安《ふあん》な顔《かお》をするようになってきました。

「そろそろ戻《もど》らなくていいのでしょうか」

「いくらなんでも長滞在《ながたいざい》しすぎだわ……」

滞在費《たいざいひ》は幕府《ばくふ》で持《も》つ、というのも最初《さいしょ》は好意《こうい》として受《う》け取《と》っていましたが、ここまでくるとただ事《ごと》ではないような気《き》がしてきます。

(困《こま》ったわ。慶光院《けいこういん》には文《ふみ》を出《だ》してあるけれど、帰《かえ》るのが嫌《いや》になったと思《おも》われていたら……立場《たちば》がないわ。わたくしはまだ、院主《いんじゅ》としての役目《やくめ》を果《は》たしていないのに)

騒《さわ》ぎ立《た》てるのは皆《みな》の不安《ふあん》を煽《あお》るだけだと思《おも》い、院主《いんじゅ》はこっそり江戸城《えどじょう》に使《つか》いを出《だ》して、「伊勢《いせ》へ帰《かえ》る許可《きょか》をください」とお願《ねが》いしました。

が、春日《かすが》からの返事《へんじ》はなかなかきません。

(お忙《いそが》しくて後回《あとまわ》しにされているのかしら)

ともすると暗《くら》い顔《かお》をしてしまうので、そんな顔《かお》を見《み》せてはいけないと思《おも》い、院主《いんじゅ》は最近《さいきん》、宿所《しゅくしょ》にこもりがちな尼僧《にそう》たちに買《か》い物《もの》を頼《たの》み、外《そと》へ行《い》かせました。

が、お玉《たま》はやはり残《のこ》っています。

「お玉《たま》も外《そと》へ行《い》っていいのよ？」

「いいえ、わたしは院主様《いんじゅさま》のおそばにいたいのです。わたしがいない間《あいだ》に院主様《いんじゅさま》が鬼《おに》にさらわれやしないかと心配《しんぱい》で」

「鬼《おに》って……そんなものいませんよ」

「あ、わたしの言《い》う鬼《おに》はですね――」

「鬼《おに》？　どこに？」

いつのまに来《き》たのか、廊下《ろうか》に春日《かすが》がいたので、お玉《たま》はびっくりしてのけぞりました。

「うわっ、出《で》た――っ！」

春日《かすが》は自分《じぶん》が〝鬼《おに》〟呼《よ》ばわりされたのだと察《さっ》したようで、中《なか》に入《はい》ってきて座《すわ》ると、お玉《たま》を鋭《するど》い目《め》で見《み》ました。

「その者《もの》はもとは八百屋《やおや》の娘《むすめ》でしたね。院主様《いんじゅさま》と違《ちが》い、俗世《ぞくせ》の泥《どろ》が落《お》ちていないようですね」

「お玉《たま》が大《おお》きな声《こえ》を出《だ》して、大変失礼《たいへんしつれい》しました」

院主《いんじゅ》はすぐにあやまりましたが、当《とう》のお玉《たま》はキッと目《め》を吊《つ》り上《あ》げています。

「泥《どろ》って、ひとを大根《だいこん》みたいに！　……って、あれ？　なんでわたしの生《う》まれを？」

「皆様《みなさま》の身元《みもと》はすべて調《しら》べてあります。先《さき》ほどは八百屋《やおや》の娘《むすめ》と申《もう》しましたが、お玉殿《たまどの》は母親《おや》が二条家《にじょうけ》の家臣《かしん》・本庄宗利殿《ほんじょうむねとしどの》に再嫁《さいか》されたので武家《ぶけ》の娘《むすめ》ということになりますね。そして、院主様《いんじゅさま》は公家《くげ》の六条有純様《ろくじょうありずみさま》の姫君《ひめぎみ》。どうりで気品《きひん》がおありになる」

「身分《みぶん》など関係《かんけい》ありません。皆《みな》、仏《ほとけ》の弟子《でし》なのですから」

おだやかに院主《いんじゅ》が返《かえ》すと、春日《かすが》が改《あらた》まって言《い》いました。

「今日《きょう》はあなた様《さま》にお話《はなし》があって参《まい》りました。このまま江戸《えど》に残《のこ》り、上様《うえさま》のおそばに上《あ》がっていただけないでしょうか」

「え……それは？」

「将軍《しょうぐん》・家光公《いえみつこう》の側室《そくしつ》に、あなた様《さま》をぜひお迎《むか》えしたいのです」

突然《とつぜん》の申《もう》し出《で》に、さすがの院主《いんじゅ》も目《め》を丸《まる》くします。

「わたくしが？　けれど、わたくしは尼《あま》の身《み》……。これから先《さき》も御仏《みほとけ》の教《おし》えを胸《むね》に生《い》きていくつもりです」

すると、春日《かすが》はポンと膝《ひざ》を叩《たた》きました。

「まこと、清《きよ》らかな心《こころ》の持《も》ち主《ぬし》！　この春日《かすが》、深《ふか》く感銘《かんめい》を受《う》けました。しばらくご様子《ようす》をうかがわせていただきましたが、江戸見物《えどけんぶつ》に出《で》て浮《う》かれることなく、日々精進《ひびしょうじん》していらっしゃいましたね。二日続《ふつかつづ》けて断《ことわ》ってもよろしかったのに、駕籠《かご》かきたちの心情《しんじょう》を思《おも》いやり、参拝《さんぱい》の帰《かえ》りはお供《とも》の者《もの》たちを労《ねぎら》い、少《すこ》しの贅沢《ぜいたく》を許《ゆる》しておられました。あなた様《さま》は潔癖《けっぺき》すぎず、相手《あいて》を思《おも》いやることのできる、あたたかな心《こころ》をお持《も》ちの方《かた》……」

(どこへ行《い》こうとも幕府《ばくふ》の目《め》が光《ひか》っている……ということ？)

春日《かすが》は院主《いんじゅ》をほめつつ、釘《くぎ》を刺《さ》したのでしょう。

「そうそう、京《きょう》の御父上《おちちうえ》も賛成《さんせい》してくださいましたよ」

「え……いつのまに？」

「六条家《ろくじょうけ》は私《わたし》の縁戚《えんせき》である三条西家《さんじょうにしけ》と親《した》しいのです。これも、あなた様《さま》と私《わたし》の縁《えん》がつながっていたということでしょう」

春日《かすが》はそう言《い》って、一通《いっつう》の手紙《てがみ》を懐《ふところ》から出《だ》し、院主《いんじゅ》の前《まえ》に置《お》きました。

差出人《さしだしにん》は院主《いんじゅ》の父《ちち》・六条有純《ろくじょうありずみ》です。江戸《えど》に留《と》め置《お》いたのは、京《きょう》の父《ちち》に使《つか》いを出《だ》していたからなのだ、と院主《いんじゅ》は悟《さと》りました。そして、手紙《てがみ》には「将軍様《しょうぐんさま》の目《め》に留《と》まったのなら、こんなに名誉《めいよ》なことはない。江戸《えど》でご奉公《ほうこう》するように」と書《か》いてあったのです。

「父上《ちちうえ》……」

涙《なみだ》をこらえる姿《すがた》を見《み》て、春日《かすが》は自分《じぶん》の考《かんが》えは間違《まちが》っていなかったのだと確信《かくしん》しました。

(信心深《しんじんぶか》い上《うえ》に親孝行《おやこうこう》のようね。公家《くげ》の出《で》といっても、この者《もの》は気位《きぐらい》の高《たか》い孝子様《たかこさま》とは違《ちが》う。このような女《おんな》こそ、将軍《しょうぐん》の妻《つま》にふさわしい!)

「お父上《ちちうえ》も喜《よろこ》んでくださっているようですし、ね?」

結局《けっきょく》、春日《かすが》の説得《せっとく》に折《お》れ、院主《いんじゅ》は覚悟《かくご》を決《き》め——。

その夜《よる》、院主《いんじゅ》はお供《とも》の三人《にん》を前《まえ》に、こう言《い》いました。

「わたくしはしばらく江戸《えど》に留《とど》まることになりました……。皆《みな》、先《さき》に伊勢《いせ》へ戻《もど》っておくれ」

本当《ほんとう》のことは言《い》わずに、尼僧《にそう》たちを帰《かえ》そうと思《おも》ったのですが、ただひとり、お玉《たま》が首《くび》を振《ふ》りました。

「……わたしは嫌《いや》です。ともに江戸《えど》に留《とど》まります」

「それはだめよ、お玉《たま》。どうか皆《みな》とともに——」

「いいえ、帰《かえ》りません！　わたしは院主様《いんじゅさま》の弁慶《べんけい》なのです。最後《さいご》までお供《とも》いたします。弁《べん》慶《けい》のように身体中《からだじゅう》に矢《や》を浴《あ》びようとも倒《たお》れぬ覚悟《かくご》です！」

お玉《たま》は泣《な》きそうな目《め》で院主《いんじゅ》を見《み》つめました。妹《いもうと》のようにかわいがってくれた院主《いんじゅ》と、離《はな》れ離《ばな》れになるのは耐《た》えられないのです。

「……では、お玉《たま》は残《のこ》ってちょうだい。あなたたちは伊勢《いせ》に戻《もど》って慶光院《けいこういん》に事情《じじょう》を伝《つた》えて」

「……はい」

他《ほか》のふたりもなにかある、と察《さっ》したようですが、伊勢《いせ》へ戻《もど》りたい気持《きも》ちが勝《まさ》ったようで、こくんとうなずきました。

そうして、彼女《かのじょ》たちが明日《あす》の出発《しゅっぱつ》に備《そな》えて早《はや》めに休《やす》んだあと、院主《いんじゅ》は庭《にわ》で父《ちち》からの手紙《てがみ》を燃《も》やしました。

それを見《み》たお玉《たま》があわてて、裸足《はだし》のまま庭《にわ》に降《お》りてきました。

「院主様《いんじゅさま》、大事《だいじ》なお手紙《てがみ》では――」

「いいのよ、もう」

お玉《たま》は院主《いんじゅ》の代《か》わりに怒《いか》りを込《こ》め、燃《も》えていく手紙《てがみ》をにらみつけました。

「……ひどい、お金《かね》のために大事《だいじ》な娘《むすめ》を差《さ》し出《だ》すなんて！」

手紙《てがみ》には書《か》いてありませんでしたが、六条家《ろくじょうけ》は多額《たがく》の金《かね》を受《う》け取《と》ったに違《ちが》いありません。公家《くげ》は貧乏《びんぼう》なのです。徳川《とくがわ》との縁《えん》が繋《つな》がれば、この先《さき》、お金《かね》の心配《しんぱい》はなくなります。

「将軍《しょうぐん》なんか大《だい》っ嫌《きら》い！　院主様《いんじゅさま》の弱《よわ》みに付《つ》け込《こ》むような真似《まね》をして！」

「お玉《たま》、声《こえ》が――」

「いいえ、怒《おこ》らせてください！　院主様《いんじゅさま》が堪《こら》えるしかないのであれば、このお玉《たま》が代《か》わりに泣《な》きます！」

と言《い》って、お玉《たま》は「うわーん」と泣《な》き出《だ》してしまいました。

「お玉《たま》はやさしいのね。ありがとう」

院主《いんじゅ》は翌日《よくじつ》、他《ほか》のふたりが出発《しゅっぱつ》したあとで春日《かすが》に頼《たの》みました。

「お玉《たま》が残《のこ》ること、お許《ゆる》しください」

この申《もう》し出《で》に、春日《かすが》は快《こころよ》くうなずきました。

「もちろんですよ。気心《きごころ》の知《し》れた者《もの》がそばにいたほうが、あなた様《さま》も心強《こころづよ》いでしょう。では、おふたりとも髪《かみ》が生《は》えそろうまでは、ここにお留《とど》まりください。手伝《てつだ》いや警護《けいご》の者《もの》を残《のこ》していきます。必要《ひつよう》なものはなんでも用意《ようい》させますので、いつでも申《もう》し付《つ》けてくださいね」

春日《かすが》が出《で》て行《い》ったとたん、お玉《たま》は彼女《かのじょ》が座《すわ》っていた場所《ばしょ》に立《た》ち、バタバタとその場《ば》を踏《ふ》みつけるような真似《まね》をしました。

「言葉《ことば》はやさしいけど、わたしたちを監禁《かんきん》するということではありませんか！　将軍《しょうぐん》の乳《う》母《ば》はやはり鬼《おに》か？　鬼女《おにおんな》……いや、鬼婆《おにばば》に違《ちが》いない！」

「お玉《たま》、落《お》ち着《つ》いて。じたばたしたところでなにも変《か》わらないのですから」

「言《い》わせてください！　あの鬼婆《おにばば》は昔《むかし》、帝《みかど》に無理《むり》やり拝謁《はいえつ》し、譲位《じょうい》に追《お》い込《こ》んだという噂《うわさ》ですよね？　なんと卑劣《ひれつ》な……！」

そこへ庭《にわ》から警護《けいご》の者《もの》が駆《か》け付《つ》けました。

「大《おお》きな声《こえ》や音《おと》が聞《き》こえましたが、どうなされました？」

「いえ、この子《こ》がネズミを見《み》つけましてね。ちょうど庭《にわ》に追《お》い払《はら》ったところですの」

「そ、そうです。鬼婆《おにばば》のような顔《かお》のネズミでした！」

「は、はあ……」

「どうぞ持《も》ち場《ば》にお戻《もど》りくださいまし。わたくし、これから写経《しゃきょう》をいたしますので」

適当《てきとう》に言《い》って警護《けいご》の者《もの》を追《お》い払《はら》うと、院主《いんじゅ》はプッと吹《ふ》き出《だ》しました。

「なあに、鬼婆《おにばば》のような顔《かお》のネズミって。見《み》たことないわ」

「わたしだって江戸《えど》で初《はじ》めて見《み》ましたよ」

お玉《たま》はツンと顔《かお》を背《そむ》けましたが、堪《こら》え切《き》れず、ぷはっ、と笑《わら》いはじめました。

「あー、すっきりした！」

「ふふっ、ありがとう、お玉《たま》。あなたのおかげで、わたくし、江戸《えど》でもなんとかやっていけそうな気《き》がします」

こうして、ふたりはなるべく明《あか》るい気持《きも》ちで日々《ひび》を過《す》ごし、城《しろ》へ上《あ》がる日《ひ》を待《ま》つことにしたのでした。

寛永《かんえい》16年《ねん》（1639年《ねん》）9月《がつ》、家光《いえみつ》の長女《ちょうじょ》・千代姫《ちよひめ》が、数《かぞ》え三歳《さい》で尾張徳川家《おわりとくがわけ》へ嫁《とつ》いでいくことになりました。

「千代《ちよ》、元気《げんき》でな。さみしくなったら、いつでも、とと様《さま》のところへ戻《もど》ってくるんだぞ」

「はい、とと様《さま》」

嫁《とつ》ぐ意味《いみ》がまだわからない千代姫《ちよひめ》が無邪気《むじゃき》に笑《わら》います。

幼《おさな》い娘《むすめ》を手放《てばな》したくなくて、家光《いえみつ》はますます泣《な》きそうな顔《かお》になりました。

「上様《うえさま》、晴《は》れの日《ひ》に涙《なみだ》は禁物《きんもつ》です。それに千代姫様《ちよひめさま》は江戸城下《えどじょうか》の市谷《いちがや》にある尾張藩《おわりはん》の上屋敷《かみやしき》に嫁《とつ》ぐのですから、会《あ》おうと思《おも》えばいつでも会《あ》えますよ」

大《おお》げさな、と春日《かすが》は笑《わら》いましたが、父親《ちちおや》らしくなった家光《いえみつ》を見《み》てホッとしていました。

子《こ》どもを持《も》つ喜《よろこ》びや楽《たの》しさを知《し》った今《いま》が、いい機会《きかい》です。

頃合《ころあ》いを見《み》て、春日《かすが》は新《あたら》しい女《おんな》を江戸城《えどじょう》へ呼《よ》び寄《よ》せました。

「上様《うえさま》、こちらはお万《まん》といいます。私《わたし》の縁戚《えんせき》、三条西家《さんじょうにしけ》と懇意《こんい》にしている六条家《ろくじょうけ》の姫《ひめ》です。誠《まこと》に信心深《しんじんぶか》く、また慎《つつし》み深《ぶか》く――学《がく》もありますので、上様《うえさま》のよいお話《はな》し相手《あいて》になるかと」

「お万《まん》と申《もう》します。どうぞよろしくお願《ねが》いします」

「……ん？　そなた、慶光院《けいこういん》の院主《いんじゅ》であろう？　その恰好《かっこう》はどうしたのだ？」

家光《いえみつ》は半年前《はんとしまえ》に会《あ》った尼僧《にそう》のことを覚《おぼ》えていました。驚《おどろ》きで目《め》をみはっています。

院主《いんじゅ》は大奥《おおおく》に入《はい》るにあたり、お万《まん》と名乗《なの》ることにしたのです。

「春日局様《かすがのつぼねさま》の教《おし》えを乞《こ》うべく還俗《げんぞく》いたしました。いろいろと学《まな》んだのち、京《きょう》へ戻《もど》り、公家《くげ》の皆様《みなさま》に江戸《えど》の良《よ》さを伝《つた》えようと思《おも》います」

「そ、それはならぬ！　余《よ》のそばにおれ。いいだろう？　な？　福《ふく》」

「はい、上様《うえさま》がそうおっしゃるのなら……」

春日《かすが》は微笑《ほほえ》みながら、してやったり、と心《こころ》の中《なか》でほくそ笑《え》んでいました。

京《きょう》へ戻《もど》る云々《うんぬん》のくだりは、春日《かすが》の作戦《さくせん》です。

（男《おとこ》はたやすく手《て》に入《はい》る獲物《えもの》には、すぐに飽《あ》きがくる。逃《に》げようとする魚《さかな》ほど、つかまえようと必死《ひっし》で手《て》を伸《の》ばすもの）

春日《かすが》の読《よ》みはあたり、お万《まん》は家光《いえみつ》の寵愛《ちょうあい》を受《う》けるようになりました。

（家康公《いえやすこう》は七十を過《す》ぎても子作《こづく》りに励《はげ》んでおられたのだから、大丈夫《だいじょうぶ》。きっと、お万《まん》の方《かた》様《さま》が子《こ》を産《う》んでくれる）

お万《まん》は家光《いえみつ》のお気《き》に入《い》りになり、毎日《まいにち》のように夜《よる》をともに過《す》ごしました。

「そなたをこの腕《うで》に抱《だ》けるなど……まるで夢《ゆめ》のようだ」

「わたくしも自分自身《じぶんじしん》に驚《おどろ》いております。尼《あま》になる以外《いがい》の人生《じんせい》など考《かんが》えたこともございませんでしたのに……。今《いま》は、女《おんな》に生《う》まれてよかったと、上様《うえさま》と出会《であ》えてよかったと心《こころ》から思《おも》っております」

しかし、お万《まん》にとってつらいことが待《ま》っていました。寛永《かんえい》17年《ねん》（１６４０年《ねん》）の年末《ねんまつ》に、呉服《ごふく》の間《ま》のお楽《らく》が見初《みそ》められ、家光《いえみつ》の側室《そくしつ》になったのです。

（わたくしがなかなか身籠《みご》もらないから……仕方《しかた》がないのよ、これは）

頭《あたま》ではわかっていても、胸《むね》は今《いま》にも張《は》り裂《さ》けそうです。

（上様《うえさま》のご寵愛《ちょうあい》が得《え》られなくなったら、わたくしはここで生《い》きている意味《いみ》がなくなる）

悲痛《ひつう》な思《おも》いで心《こころ》を痛《いた》めていたある日《ひ》、春日《かすが》がお万《まん》を呼《よ》びました。

「お万《まん》の方様《かたさま》、あなた様《さま》だから、私《わたし》の本心《ほんしん》をお伝《つた》えします。私《わたし》は上様《うえさま》の乳母《うば》として、徳川《とくがわ》の繁栄《はんえい》を第一《だいいち》に考《かんが》えねばなりません。上様《うえさま》の子《こ》は千代姫様《ちよひめさま》おひとり……。どうしても、お世継《よつ》ぎがほしいのです。ですから、お楽《らく》のことを認《みと》めてくださいまし」

「春日様《かすがさま》、どうか顔《かお》をお上《あ》げになって。いずれ、こういう日《ひ》がくるとは思《おも》っていました。わたくしが上様《うえさま》のおそばに上《あ》がるようになってから、一年余《ねんあま》り……この腹《はら》に子《こ》が宿《やど》ることはなく、日々《ひび》が過《す》ぎてしまいました。だから、いけないのはわたくしですわ」

この時代《じだい》、結婚《けっこん》して三年《ねん》で子《こ》どもができなければ、離縁《りえん》されても仕方《しかた》がないと考《かんが》えられていました。お万《まん》の頭《あたま》の中《なか》には、そういった世間《せけん》の常識《じょうしき》も刷《す》り込《こ》まれています。

（そのうち上様《うえさま》に飽《あ》きられ、城《しろ》から放《ほう》り出《だ》されるかもしれない……）

不安《ふあん》が不安《ふあん》を呼《よ》び、泣《な》きたくなってきます。

そんなお万《まん》の心中《しんちゅう》を察《さっ》し、春日《かすが》が言《い》いました。

「上様《うえさま》はあなた様《さま》を大事《だいじ》に想《おも》っておいでです。そのお気持《きも》ちは、そう簡単《かんたん》には揺《ゆ》るがないでしょう。あなた様《さま》はまだお若《わか》い。上様《うえさま》とのお子《こ》ができるのを願《ねが》っています」

「……ありがとうございます、春日様《かすがさま》」

お万《まん》が部屋《へや》に戻《もど》ると、お玉《たま》がおもしろくなさそうな顔《かお》をしました。

「お万様《まんさま》に期待《きたい》しているなら、なんで新《あたら》しい女《おんな》を入《い》れるのでしょう」

「徳川《とくがわ》にとってお世継《よつ》ぎ問題《もんだい》はとても深刻《しんこく》なのよ。もちろん、わたくしが男子《おのこ》を産《う》んで差《さ》し上《あ》げたいけれど、これればかりは……」

「それにあのお楽《らく》という女《おんな》、古河《こが》の永井様《ながいさま》の娘分《むすめぶん》として大奥《おおおく》に入《はい》ったそうですが、元《もと》は罪《ざい》人《にん》の娘《むすめ》らしいですよ。父親《ちちおや》がご禁制《きんせい》の鶴《つる》を撃《う》ったとか」

「もし、そうだとしても、それは父親《ちちおや》の罪《つみ》であってお楽《らく》の方様《かたさま》の罪《つみ》ではないわ」

「その鶴《つる》を食《た》べてしまったとしても？」

「食《た》べさせたのは親《おや》でしょう？　子《こ》が鶴《つる》を絞《し》めて捌《さば》いたわけじゃないでしょう？」

お万《まん》はどこまでもやさしく、決《けっ》してお楽《らく》を批難《ひなん》したりしません。

お玉《たま》はため息《いき》をつきました。

（普通《ふつう》の女《おんな》ならば、醜聞《しゅうぶん》としておもしろおかしく話《はなし》に食《く》いつくものなのに。お万《まん》の方様《かたさま》はまこと心《こころ》が清《きよ》らかで……本当《ほんとう》に菩薩《ぼさつ》のよう）

公家育《くげそだ》ちのお万《まん》はある意味《いみ》、世間知《せけんし》らずで汚《けが》れを知《し》らないのです。

（だからこそ、わたしが守《まも》らなければいけないのだ、この方《かた》を！）

鼻息《はないき》も荒《あら》くお玉《たま》はひとりうなずいたのでした。


そして、季節《きせつ》は過《す》ぎ――。

翌年《よくとし》の寛永《かんえい》18年《ねん》（１６４1年《ねん》）、春《はる》、お楽《らく》の懐妊《かいにん》がわかりました。

「上様《うえさま》、おめでとうございます。男子《おのこ》であることを心《こころ》から祈《いの》っております」

春日《かすが》はことのほか喜《よろこ》び、お万《まん》も家光《いえみつ》に召《め》された際《さい》、お祝《いわ》いを述《の》べました。

「この度《たび》はおめでとうございます。わたくしにできることがあれば、できる限《かぎ》りのことをさせていただきます」

「万《まん》、そなたは妬《や》いたりせぬのか」

「妬《や》く？　どうしてですか」

「それが女《おんな》というものだろう。違《ちが》うのか」

「ふふっ、妬《や》いてほしいのですか？　少々厄介《しょうしょうやっかい》なことになりますけど？」

「や、厄介《やっかい》？」

「ええ、江戸《えど》のおかみさんたちは結構《けっこう》、肝《きも》が据《す》わっていますよね？　浮気《うわき》をした旦那《だんな》に鍋《なべ》や釜《かま》を投《な》げつけたり、囲炉裏《いろり》の灰《はい》をかぶせたり、いろんな方法《ほうほう》でお灸《きゅう》をすえると聞《き》きました」

「そなたも私《わたし》に鍋《なべ》や釜《かま》をぶつけるのか？」

「ふふっ、どうでしょうね」

戯《たわむ》れだとわかり、家光《いえみつ》はホッとした顔《かお》でお万《まん》を抱《だ》き寄《よ》せました。

「私《わたし》を困《こま》らせようとするそなたも、かわいかったぞ」

「まあ……」

家光《いえみつ》の背中《せなか》に手《て》を回《わま》し、お万《まん》はぎゅっと力《ちから》を込《こ》めました。

(お楽《らく》の方様《かたさま》のご懐妊《かいにん》をおめでたく思《おも》っているのは本当《ほんとう》、お楽《らく》の方様《かたさま》に嫉妬《しっと》しているのも本当《ほんとう》……上様《うえさま》を心《こころ》からお慕《した》いしているのも本当《ほんとう》……。わたくし、心《こころ》が壊《こわ》れてしまいそう)

今《いま》、この瞬間《しゅんかん》に自分《じぶん》の腹《はら》に子《こ》が宿《やど》ってほしいと願《ねが》いながら、お万《まん》は目《め》を閉《と》じたのです。

そして、また時《とき》が流《なが》れ——8月3日《がつみっか》、お楽《らく》の方《かた》が男児《だんじ》を産《う》みました。

「お世継《よつ》ぎがお生《う》まれになった！」

「徳川《とくがわ》の世《よ》はこれで安泰《あんたい》じゃ！　いやあ、めでたいめでたい！」

嫡男《ちゃくなん》となる男子《おのこ》が生《う》まれたとあって、家中《かちゅう》は大騒《おおさわ》ぎになりました。

江戸城中《えどじょうちゅう》だけでなく、江戸《えど》の町民《ちょうみん》たちも大喜《おおよろこ》びですが、

「この子《こ》は次代《じだい》の将軍《しょうぐん》となる……よって名《な》は竹千代《たけちよ》だ！」

世継《よつ》ぎの誕生《たんじょう》をいちばんに喜《よろこ》んだのは、もちろん父《ちち》である家光《いえみつ》でした。

竹千代《たけちよ》は三河《みかわ》の松平家《まつだいらけ》であった頃《ころ》から伝《つた》わる名前《なまえ》で、家康《いえやす》や家光《いえみつ》の幼名《ようみょう》でもあります。お楽《らく》の生《う》まれに関係《かんけい》なく、家光《いえみつ》はこの子《こ》が生《う》まれた瞬間《しゅんかん》から後継《あとつぎ》であると定《さだ》めたのです。

大奥《おおおく》ではここで働《はたら》く全部《ぜんぶ》の女《おんな》たちに祝《いわ》いの膳《ぜん》がふるまわれ、江戸城《えどじょう》には徳川御三家《とくがわごさんけ》をはじめ、江戸在勤中《えどざいきんちゅう》の大名《だいみょう》や旗本《はたもと》が続々《ぞくぞく》と登城《とじょう》し、盛大《せいだい》に祝宴《しゅくえん》が催《もよお》されました。

9月2日《がつふつか》、徳川御三家《とくがわごさんけ》や大名《だいみょう》たちに、竹千代《たけちよ》をそば近《ちか》くで披露《ひろう》するための機会《きかい》が設《もう》けられることになり、お万《まん》はその日《ひ》、春日《かすが》に呼《よ》ばれて身支度《みじたく》を手伝《てつだ》ってほしいと言《い》われました。

髪《かみ》を梳《す》いたり、着物《きもの》の帯《おび》を締《し》めたりする女中《じょちゅう》や部屋子《へやこ》なら大勢《おおぜい》いるはずなのに、と思《おも》いつつお万《まん》が行《い》きますと、春日《かすが》がこう言《い》いました。

「あなた様《さま》には、今日《きょう》の私《わたし》の姿《すがた》を見《み》ておいてほしいと思《おも》ったのです。大奥《おおおく》を束《たば》ねる立場《たちば》……大奥総取締《おおおくそうとりしまり》とでもいいましょうか。その私《わたし》の晴《は》れ姿《すがた》を」

「……それはどうしてですの？　上様《うえさま》の子《こ》を産《う》めなかったわたくしに、酷《こく》なことをしているとお思《おも》いにならないのですか？　嫉妬《しっと》に狂《くる》ったわたくしが、簪《かんざし》を手《て》にあなた様《さま》ののどを突《つ》かないとも限《かぎ》りませんのに」

嫌味《いやみ》にも取《と》れるような言葉《ことば》を思《おも》わず口《くち》にしてしまうと、春日《かすが》が微笑《ほほえ》みました。

「まあ、お万《まん》の方様《かたさま》ったら！　あなた様《さま》にもそのように女《おんな》らしいドロドロとした気持《きも》ちがあったとは。けれどわかっていますよ。あなた様《さま》は、そのようなことをする器《うつわ》の小《ちい》さい方《かた》ではありません。では、行《い》ってまいります。少《すこ》しの間《あいだ》ではありますが、あとを頼《たの》みましたよ」

「……？　は、はい。行《い》ってらっしゃいませ」

丸《まる》一日《にち》、大奥《おおおく》を空《あ》けるわけでもないのにと不思議《ふしぎ》に思《おも》いながら、お万《まん》は春日《かすが》を送《おく》り出《だ》したのでした。

結局《けっきょく》、その後《ご》、どんなに願《ねが》ってもお万《まん》には子《こ》ができず——。

二年《ねん》の月日《つきひ》が流《なが》れ、竹千代《たけちよ》は数《かぞ》えで三歳《さい》になりました。ですが、竹千代《たけちよ》が健《すこ》やかに成長《せいちょう》していく裏《うら》で、家光《いえみつ》にとって大切《たいせつ》な人《ひと》が病《やまい》に侵《おか》されていきました。

乳母《うば》の春日《かすが》です。彼女《かのじょ》はこの年《とし》、六十五歳《さい》。病《やまい》を得《え》てからは、湯島《ゆしま》の屋敷《やしき》に下《さ》がって療養《りょうよう》していたのですが、回復《かいふく》する気配《けはい》がありません。病状《びょうじょう》は悪《わる》くなる一方《いっぽう》で、夏《なつ》が終《お》わる頃《ころ》には命《いのち》が尽《つ》きるのを待《ま》つばかりの状態《じょうたい》になりました。

春日《かすが》の穴《あな》を埋《う》めるため、大奥《おおおく》をまかされたのはお万《まん》です。

(あの日《ひ》、晴《は》れ姿《すがた》を見《み》ておいてほしいと言《い》ったのは、こういうことだったのですね)

あとを託《たく》すのはお万《まん》である、と春日《かすが》は態度《たいど》で示《しめ》していたのです。

後継者《こうけいしゃ》に選《えら》ばれたことを誇《ほこ》りに思《おも》いつつも、お万《まん》は春日《かすが》の意《い》に反《はん》することをひとつしてしまいました。春日《かすが》が薬《くすり》を飲《の》もうとしないことを、家光《いえみつ》に言《い》ってしまったのです。もちろん、それは春日《かすが》に少《すこ》しでも元気《げんき》になってほしいという気持《きも》ちからでした。

「福《ふく》が薬《くすり》を飲《の》んでいない？」

「……はい。処方《しょほう》されても、あとで飲《の》むからと言《い》って受《う》け取《と》り、お飲《の》みになったふりをして捨《す》てていたようなのです」

「福《ふく》は治《なお》す気《き》がないということか？　余《よ》が薬《くすり》を飲《の》むように言《い》おう」

家光《いえみつ》は見舞《みま》いに行《い》き、春日《かすが》に言《い》いました。

「福《ふく》、なぜ薬《くすり》を飲《の》まぬ？　苦《にが》いのが嫌《いや》なのか」

頬《ほほ》がこけ、青白《あおじろ》い顔《かお》をした春日《かすが》は、ふふっ、と力《ちから》なく笑《わら》いました。

「そんな、子《こ》どものような理由《りゆう》では……ございません。あれは、上様《うえさま》が二十六のときでありましたか……。疱瘡《ほうそう》に罹《かか》られましたでしょう？　あのとき、上様《うえさま》の病気平癒《びょうきへいゆ》を願《ねが》い、神《しん》仏《ぶつ》に対《たい》し、私《わたし》は薬断《くすりだ》ちを誓《ちか》ったのです……」

「なんと……！」

家光《いえみつ》は驚《おどろ》きました。初《はじ》めて知《し》ったのです。

「……それ以来《いらい》、薬《くすり》は一切《いっさい》、飲《の》んでおりませぬ」

「もうよい、福《ふく》。余《よ》はこのとおり元気《げんき》だ。頼《たの》むから、薬《くすり》を飲《の》んでくれ」

「……それはなりませぬ。私《わたし》が薬《くすり》を飲《の》んだら、約束《やくそく》を破《やぶ》ったと、上様《うえさま》に神仏《しんぶつ》の罰《ばつ》が下《くだ》るやもしれません」

「余《よ》は天下《てんか》の将軍《しょうぐん》だ。そのようなもの、恐《おそ》れはせぬ！」

涙目《なみだめ》の家光《いえみつ》を愛《いと》おし気《げ》に見《み》つめ返《かえ》し、春日《かすが》はうなずきました。

「……竹千代様《たけちよさま》、お強《つよ》くなられましたなあ。福《ふく》はもう思《おも》い残《のこ》すことはございませぬ」

春日《かすが》は最期《さいご》まで薬《くすり》を飲《の》むことを拒《こば》み続《つづ》け――。

寛永《かんえい》20年《ねん》（１６４３年《ねん》）９月《がつ》14日《か》、波乱《はらん》の人生《じんせい》に幕《まく》を閉《と》じたのです。


江戸城《えどじょう》にて、その知《し》らせを受《う》けた家光《いえみつ》は愕然《がくぜん》と肩《かた》を落《お》としました。

（福《ふく》、そなたは余《よ》を生《う》みの母《はは》以上《いじょう》に慈《いつく》しみ、育《そだ》ててくれた……。今《いま》の余《よ》があるのは、将軍《しょうぐん》の座《ざ》に就《つ》けたのは福《ふく》のおかげだ。そなたは確《たし》かに、余《よ》の真実《しんじつ》の母《はは》であった……）

こうして春日《かすが》の死《し》によって〝大奥《おおおく》〟は新《あら》たな時代《じだい》を迎《むか》えることになったのです。

春日《かすが》がこの世《よ》を去《さ》ったのち、大奥総取締《おおおくそうとりしまり》になったのは、お万《まん》でした。

京《きょう》の公家《くげ》の姫《ひめ》であったお万《まん》は、側室《そくしつ》の中《なか》ではいちばん家格《かかく》の高《たか》い家《いえ》の出《で》ですし、教養《きょうよう》も高《たか》く、信心深《しんじんぶか》く、慈悲《じひ》にあふれた心《こころ》の持《も》ち主《ぬし》でしたので皆《みな》から慕《した》われていました。

残念《ざんねん》ながら、お万《まん》は家光《いえみつ》の子《こ》を授《さず》かることはできませんでしたが、家光《いえみつ》の寵愛《ちょうあい》は変《か》わりませんでした。

実《じつ》は今《いま》、お万《まん》やお楽《らく》とは別《べつ》に、おまさという側室《そくしつ》がおり、おまさは春日《かすが》が亡《な》くなる半年《はんとし》ほど前《まえ》に、家光《いえみつ》の次男《じなん》・亀松《かめまつ》を産《う》んでいます。亀松《かめまつ》の成長《せいちょう》を見守《みまも》り、助《たす》けるのもお万《まん》の仕《し》事《ごと》のひとつです。

ある日《ひ》の朝《あさ》、早《はや》く起《お》きたお万《まん》は庭《にわ》に出《で》ました。

たくさんの女《おんな》たちが眠《ねむ》る大奥《おおおく》は、いまだ静《しず》けさの中《なか》にあります。

朝焼《あさや》けを眺《なが》めながら、お万《まん》はつぶやきました。

「……春日様《かすがさま》、あなた様《さま》の遺志《いし》をわたくしが受《う》け継《つ》いでいきますゆえ。どうかお見守《みまも》りくださいませ」

そのとき、風《かぜ》がさあっと吹《ふ》いたかと思《おも》うと、

――あとを頼《たの》みましたよ。

と、竹千代《たけちよ》をお披露目《ひろめ》するあの日《ひ》の、春日《かすが》の声《こえ》が聞《き》こえた気《き》がしました。

大奥《おおおく》の闇《やみ》？

大奥《おおおく》に勤《つと》めた女《おんな》たちは、大奥《おおおく》でのしきたりや出来事《できごと》、事件《じけん》などをいっさい外部《がいぶ》に漏《も》らしてはならないと定《さだ》められていました。正式《せいしき》な書物《しょもつ》に残《のこ》すこともなかったようで、史料《しりょう》はとても少《すく》ないです。ですので、いじめが横行《おうこう》し、嫉妬《しっと》が渦巻《うずま》く、ドロドロした場所《ばしょ》……なのではないかと、外部《がいぶ》の人間《にんげん》が興味《きょうみ》を持《も》ち、当時《とうじ》から大《おお》いに想像《そうぞう》をかき立《た》てる対象《たいしょう》だったのでした。

さて、家光《いえみつ》の寵愛《ちょうあい》も深《ふか》かったお万《まん》の方《かた》ですが、残念《ざんねん》ながら子宝《こだから》には恵《めぐ》まれず……。

しかし、それは老中《ろうじゅう》たちの陰謀《いんぼう》で子《こ》ができにくい薬《くすり》などを盛《も》られたから、という噂《うわさ》もありました。これは、公家《くげ》の姫《ひめ》が産《う》んだ男児《だんじ》が将軍《しょうぐん》となった場合《ばあい》、京《きょう》の朝廷《ちょうてい》の権力《けんりょく》が高《たか》まるため、政治的《せいじてき》な介入《かいにゅう》を恐《おそ》れたから……とも言《い》われています。当時《とうじ》は「紫衣事件《しえじけん》」の影響《えいきょう》で幕府《ばくふ》と朝廷《ちょうてい》の関係《かんけい》が冷《ひ》え切《き》っていたからです。けれど、将軍《しょうぐん》の後継《あとつぎ》がほしくてたまらなかった幕府《ばくふ》がそこまでするか、というのは疑問《ぎもん》の残《のこ》るところです。

子《こ》どもは天《てん》からの授《さず》かりもの。お万《まん》の場合《ばあい》も陰謀《いんぼう》によるものではなかったと思《おも》います。

お楽《らく》の方《かた》

――罪人《ざいにん》の娘《むすめ》から将軍生母《しょうぐんせいぼ》へ――

あるとき、下総国《しもうさのくに》・古河藩《こがはん》の鳥見役《とりみやく》が鷹狩《たかがり》の獲物《えもの》となる鳥《とり》を見回《みまわ》りに出《で》ました。

「ふー、疲《つか》れた」

川《かわ》べりで休憩《きゅうけい》していると、近《ちか》くで小《ちい》さな女《おんな》の子《こ》が遊《あそ》んでいたので、鳥見役《とりみやく》は戯《たわむ》れに持《も》っていた弓《ゆみ》を伸《の》ばし、女《おんな》の子《こ》の腹《はら》をつつきました。

すると、女《おんな》の子《こ》は「無礼《ぶれい》な」という顔《かお》をして、こう言《い》ったのです。

「鶴《つる》を食《た》べた腹《はら》をつつくなど」

鳥見役《とりみやく》は仰天《ぎょうてん》し、「おぬし、いつ鶴《つる》を食《く》うたのか？」と訊《き》くと、

「昨日《きのう》食《た》べた。残《のこ》りは塩漬《しおづ》けにした」

と言《い》うではありませんか！

「お蘭《らん》っ！」

迎《むか》えにきたらしい母親《ははおや》が、あわてて走《はし》り寄《よ》ってきて娘《むすめ》を抱《だ》き締《し》めました。

「な、なんでもありません！　今《いま》のは、この子《こ》が見《み》た夢《ゆめ》の話《はなし》ですので！」

しかし、母親《ははおや》の顔《かお》が蒼白《そうはく》なので、鶴《つる》を食《た》べたのは本当《ほんとう》なのでしょう。

鳥見役《とりみやく》は従者《じゅうしゃ》たちに母娘《おやこ》を連《つ》れてくるように言《い》い、先《さき》に藩主《はんしゅ》の屋敷《やしき》へと向《む》かいました。

（た、大変《たいへん》だ！　ご禁制《きんせい》の鶴《つる》を食《た》べたとは！）

太閤秀吉《たいこうひでよし》の治世《ちせい》の頃《ころ》、鶴《つる》を撃《う》つのは重《おも》い罪《つみ》になりました。年始《ねんし》に天皇《てんのう》へ鶴《つる》を献上《けんじょう》するので鶴《つる》は高貴《こうき》な鳥《とり》とされ、狩猟《しゅりょう》が禁《きん》じられたのです。

まもなく、女《おんな》の子《こ》の父《ちち》である青木利長《あおきとしなが》という浪人《ろうにん》が捕《つか》まりました。生活《せいかつ》に困窮《こんきゅう》したため、仕方《しかた》なく鶴《つる》を撃《う》ったようでした。

しかし、どんな事情《じじょう》があろうとも罪《つみ》は罪《つみ》。

結局《けっきょく》、利長《としなが》は死罪《しざい》を言《い》い渡《わた》されて磔《はりつけ》にされ、妻《つま》と子《こ》どもたちは古河《こが》の領主《りょうしゅ》・永井家《ながいけ》の使用人《ようにん》として働《はたら》くようになったのです。

それから数年《すうねん》の時《とき》が流《なが》れ……。

寛永《かんえい》10年《ねん》（1633年《ねん》）、武蔵国《むさしのくに》・江戸《えど》は浅草《あさくさ》。

「だんごだんごだんごだんごーーっ、そこの旅《たび》の人《ひと》、寄《よ》っておいきよ！」

「江戸《えど》のみやげに故郷《こきょう》のかみさんに簪《かんざし》はどうだい？　安《やす》くしておくよ！」

「さあさあさあ、江戸《えど》めぐり絵図《えず》、最新版《さいしんばん》だ！　一枚《まい》あると便利《べんり》だよ！」

ここは浅草寺《せんそうじ》の門前町《もんぜんまち》として江戸《えど》の中《なか》でも大《おお》いににぎわっている場所《ばしょ》で、威勢《いせい》のいい商人《しょうにん》たちの声《こえ》が絶《た》えることはありません。

「相変《あいか》わらずにぎやかだこと」

浅草寺《せんそうじ》にお参《まい》りへ行《い》った帰《かえ》り道《みち》、春日局《かすがのつぼね》は駕籠《かご》の中《なか》から外《そと》の景色《けしき》を眺《なが》めていました。

(町《まち》に活気《かっき》があるのは良《よ》いこと。それだけ上様《うえさま》の世《よ》が栄《さか》えているという証《あかし》……。徳川《とくがわ》の安泰《あんたい》のためにも早《はや》くお世継《よつ》ぎを――)

そのとき、外《そと》を見《み》ていた春日《かすが》はある女《おんな》の子《こ》に目《め》を留《と》めました。

「……止《と》めておくれ！」

駕籠《かご》を下《お》ろさせたのは古着屋《ふるぎや》の前《まえ》でした。店先《みせさき》で遊《あそ》んでいた女《おんな》の子《こ》がきょとんとした顔《かお》

で こちらを見《み》ています。

(やはり、お万《まん》の方様《かたさま》に似《に》ている！)

春日《かすが》は駕籠《かご》を出《だ》させ、城《しろ》へ戻《もど》ると、家光《いえみつ》の側近《そっきん》・堀田正盛《ほったまさもり》を呼《よ》びました。

「正盛殿《まさもりどの》、上様《うえさま》に似合《にあ》いの娘《むすめ》を見《み》つけたのだが、調《しら》べてくれぬか」

「どこぞの武家《ぶけ》の娘《むすめ》でございますか？」

「いえ、町人《ちょうにん》です。しかし、どことなく気品《きひん》がありました。おそらく、武家《ぶけ》にいたことがあるのでしょう。年《とし》の頃《ころ》は十二から十四くらいかと」

「これはまたずいぶんと若《わか》い」

「お振《ふり》の方様《かたさま》も、まだ少女《しょうじょ》の時分《じぶん》に私《わたし》が引《ひ》き取《と》りましたしね。今《いま》から育《そだ》てて、礼儀作法《れいぎさほう》などを身《み》につけたところで、上様《うえさま》のそばに上《あ》がらせようと思《おも》っております」

「なるほど。春日様《かすがさま》の手《て》で、上様好《うえさまごの》みの女《おんな》に仕上《しあ》げようということですね」

まもなく正盛《まさもり》が少女《しょうじょ》の素性《すじょう》を調《しら》べ上《あ》げ、春日《かすが》に報告《ほうこく》に来《き》ました。

(名《な》は、お蘭《らん》。歳《とし》は十三か。母《はは》は古河藩主《こがはんしゅ》・永井尚政殿《ながいなおまさどの》のところで女中頭《じょちゅうがしら》を務《つと》めていた紫《むらさき》という女《おんな》……ふむ、ならば母《はは》にひと通《とお》りの礼儀作法《れいぎさほう》は身《み》につけさせられたであろう)

父親《ちちおや》はすでに亡《な》く、お蘭《らん》のほかに姉《あね》がひとり、弟《おとうと》がふたりおり、母《はは》の紫《むらさき》は四人《にん》の子《こ》どもを育《そだ》てるのに苦労《くろう》したようです。

(今《いま》の父親《ちちおや》は母親《ははおや》の再婚相手《さいこんあいて》か。最初《さいしょ》の夫《おっと》とは死別《しべつ》……)

紫《むらさき》は最初《さいしょ》の夫《おっと》と死別《しべつ》後《ご》に永井家《ながいけ》で働《はたら》き、やがて永井家《ながいけ》の家臣《かしん》と再婚《さいこん》したのですが、その二度目《どめ》の夫《おっと》が武士《ぶし》を捨《す》てて江戸《えど》で古着屋《ふるぎや》を開《ひら》いたのです。

しかし、亡《な》き実父《じっぷ》のほうに問題《もんだい》がありました。お蘭《らん》の父《ちち》である浪人《ろうにん》・青木利長《あおきとしなが》は病死《びょうし》や事故死《じこし》ではなく、禁猟《きんりょう》である鶴《つる》を捕獲《ほかく》した罪《つみ》で処刑《しょけい》されていたのです。

「残念《ざんねん》ですが、罪人《ざいにん》の娘《むすめ》では——……」

正盛《まさもり》が言《い》いましたが、春日《かすが》はあきらめませんでした。

(あの娘《むすめ》は必《かなら》ず上様《うえさま》のお気《き》に入《い》りになる！)

と女《おんな》の直感《ちょっかん》が働《はたら》いたのです。

「罪《つみ》は父親《ちちおや》にあるのであって本人《ほんにん》には関係《かんけい》ない。それとも、そなたは私《わたし》が謀反人《むほんにん》の娘《むすめ》であったことを忘《わす》れたとでも？　今《いま》の私《わたし》があるのは、そんなことを気《き》にせずに取《と》り立《た》ててくださった家康公《いえやすこう》のおかげ……。そうだわ、これは家康公《いえやすこう》が私《わたし》を試《ため》されているのに違《ちが》いない」

しかし、元《もと》は武士《ぶし》とはいえ養父《ようふ》は古着屋《ふるぎや》。そこで体裁《ていさい》を整《ととの》えるため、福《ふく》は永井尚政《ながいなおまさ》に連絡《れんらく》を取《と》り、娘分《むすめぶん》の扱《あつか》いにさせて城《しろ》へ上《あ》がらせました。

そして、すぐに家光《いえみつ》に引《ひ》き合《あ》わせたりはせず、お蘭《らん》をひとまず呉服《ごふく》の間《ま》の女中《じょちゅう》にし、大奥《おおおく》のしきたりを覚《おぼ》えさせたり行儀見習《ぎょうぎみなら》いなどをさせたりして、〝その時《とき》〟を待《ま》ったのです。

大奥《おおおく》の女中《じょちゅう》たちは「お目見《めみ》え以上《いじょう》」か「お目見《めみ》え以下《いか》」の、このふたつに大《おお》きく分《わ》かれています。お目見《めみ》え以下《いか》は将軍《しょうぐん》や御台所《みだいどころ》の御前《ごぜん》に出《で》ることはなく、花嫁修業《はなよめしゅぎょう》の一環《いっかん》として下級武士《かきゅうぶし》や商人《しょうにん》の家《いえ》から奉公《ほうこう》に上《あ》がる娘《むすめ》も多《おお》くいました。

しかし、お目見《めみ》え以上《いじょう》は〝一生奉公《いっしょうぼうこう》〟といい、大奥《おおおく》から出《で》ることは叶《かな》いません。けれど、出世《しゅっせ》すれば破格《はかく》の給料《きゅうりょう》を得《え》られますし、将軍《しょうぐん》に見初《みそ》められれば、次代《じだい》の将軍生母《しょうぐんせいぼ》になることも夢《ゆめ》ではありません。

お蘭《らん》が配属《はいぞく》された呉服《ごふく》の間《ま》は、お目見《めみ》え以上《いじょう》にあたります。ここは将軍《しょうぐん》や御台所《みだいどころ》の衣服《いふく》を扱《あつか》うところで、何人《なんにん》ものお針子《はりこ》が衣装《いしょう》を縫《ぬ》っていました。針《はり》は凶器《きょうき》にもなるため管理《かんり》は厳《きび》しく、一本《いっぽん》でも失《な》くしたら見《み》つかるまで探《さが》さねばならない……という厳《きび》しい面《めん》もあります。

「これを将軍様《しょうぐんさま》がお召《め》しになる」

と思《おも》うと、最初《さいしょ》のうちは手《て》が震《ふる》えてなかなか仕事《しごと》が進《すす》まない子《こ》もいますが、お蘭《らん》は特《とく》に緊張《きんちょう》もせず、「まあ、正絹《しょうけん》はやはり手《て》ざわりが違《ちが》うわ。あら、こちらの柄《がら》も素敵《すてき》！」など、笑顔《えがお》で反物《たんもの》を運《はこ》んだりしています。

そんなお蘭《らん》が癪《しゃく》に障《さわ》ったのか、古株《ふるかぶ》のひとりがフンと鼻《はな》を鳴《な》らしました。

「春日様《かすがさま》の推挙《すいきょ》で大奥《おおおく》の勤《つと》めに上《あ》がったそうだけど、容赦《ようしゃ》はしないよ？」

「はい！　いろいろと教《おし》えてください」

「古河《こが》の永井様《ながいさま》の娘分《むすめぶん》ですって？　お姫様気取《ひめさまきど》りで仕事《しごと》をされちゃかなわないねえ」

「いえいえ。針仕事《はりしごと》は得意《とくい》ですので、どんどん回《まわ》してください！」

お蘭《らん》は古着屋《ふるぎや》の娘《むすめ》ですので、難《なん》なく仕事《しごと》をこなしていきます。

このように、持《も》ち前《まえ》の明《あか》るさでいじめをかわしているうちに、もともと愛嬌《あいきょう》のあるお蘭《らん》はいつのまにか周囲《しゅうい》に溶《と》け込《こ》み、かわいがられるようになりました。

「ねえねえ、お蘭《らん》ちゃんもお部屋様《へやさま》やお腹様《はらさま》を夢見《ゆめみ》ているの？」

「んー、そうねえ。お部屋様《へやさま》よりはお腹様《はらさま》がいいかな。お腹《なか》いっぱい食《た》べられるしね」

「やだあ、お蘭《らん》ちゃん。お腹様《はらさま》って将軍《しょうぐん》のお姫様《ひめさま》を産《う》んだ方《かた》のことよ」

ちなみに、お部屋様《へやさま》は男児《だんじ》を産《う》んだ側室《そくしつ》を指《さ》します。お部屋様《へやさま》になれば、将来《しょうらい》の将軍生《しょうぐんせい》母《ぼ》になることも夢《ゆめ》ではありませんので、お目見《めみ》え以上《いじょう》の者《もの》たちは皆《みな》、あわよくば……と夢《ゆめ》見《み》るものなのです。

「あら、そうだった！　やあねえ、わたしったら」

「ほんと、お蘭《らん》は仕事《しごと》は早《はや》いのに、のんきだねえ」

このように、どこか抜《ぬ》けた一面《いちめん》もありましたので、「お蘭《らん》はおもしろいねえ」と周《まわ》りの者《もの》たちもいつのまにか笑顔《えがお》になっていったのです。

その様子《ようす》を聞《き》きつけた春日《かすが》は「まことによい」と微笑《ほほえ》みました。

（お蘭《らん》には周囲《しゅうい》の者《もの》を明《あか》るくする力《ちから》がある……ならば、上様《うえさま》もきっと！）

お蘭《らん》はもう二十歳《はたち》、大人《おとな》の女《おんな》です。

どう引《ひ》き合《あ》わせようかと考《かんが》えているうちに、春日《かすが》の頭《あたま》にいい案《あん》が浮《う》かびました。

もうすぐ、大奥《おおおく》の女《おんな》たちが楽《たの》しみにしている宴《うたげ》があるのです。その日《ひ》は歌《うた》い踊《おど》り、酒《さけ》を酌《く》み交《か》わし、皆《みな》で大《おお》いに笑《わら》って日頃《ひごろ》の疲《つか》れをとることになっています。

「上様《うえさま》、今年《ことし》はおもしろい子《こ》がいるようですよ。ちょっとのぞいていきませんか？　ほら、楽《たの》しそうでしょう？」

春日《かすが》は家光《いえみつ》を庭《にわ》が見《み》える場所《ばしょ》へと案内《あんない》し、物陰《ものかげ》から宴《うたげ》の様子《ようす》をのぞかせました。

「♪そりゃ、どっこいしょのしょー！　さあ、皆様《みなさま》もご一緒《いっしょ》に～」

「どっこいしょのしょー」

女中《じょちゅう》たちの輪《わ》の中心《ちゅうしん》にいるのは、お蘭《らん》でした。

袖《そで》をたすき掛《が》けにし、麦搗《むぎつ》き歌《うた》を楽《たの》しそうに歌《うた》っています。

「福《ふく》、あの者《もの》は？」

「呉服《ごふく》の間《ま》のお蘭《らん》でございます。働《はたら》き者《もの》だと評判《ひょうばん》ですよ」

こうして春日《かすが》の思惑《おもわく》どおり、お蘭《らん》は家光《いえみつ》の目《め》に留《と》まったのです。

側室《そくしつ》になると、お蘭《らん》という名《な》は「乱《らん》」に通《つう》じるとして、お楽《らく》と改《あらた》めさせられました。

「そなたにふさわしい名《な》でしょう？」

「はい！　ありがとうございます。今後《こんご》も楽《たの》しくお勤《つと》めに励《はげ》みたいと思《おも》います」

「お蘭《らん》……いえ、お楽《らく》の方様《かたさま》、あなた様《さま》はもう呉服《ごふく》の間《ま》へ行《い》かなくていいのですよ？」

「えっ、そうなんですか？　でも、なにもしないのは……」

「では、これからは仕事《しごと》としてではなく、お好《す》きなものをお作《つく》りになっては？」

「まあ、それはよい考《かんが》えですね。端切《はぎ》れをもらってきてもいいですか？　呉服《ごふく》の間《ま》のみなさんにお世話《せわ》になったお礼《れい》に、お守《まも》り袋《ぶくろ》を作《つく》ろうと思《おも》います」

こうして、お楽《らく》の方《かた》は家光《いえみつ》の御渡《おわた》りを待《ま》ち――。

春日《かすが》が吉日《きちじつ》を選《えら》び、ようやく寝所《しんじょ》に侍《はべ》る日《ひ》を迎《むか》えました。

お楽《らく》の方《かた》が三《み》つ指《ゆび》をついて待《ま》っていると、白《しろ》い夜着《よぎ》を着《き》た家光《いえみつ》が入《はい》ってきました。

「楽《らく》か。そちの麦搗《むぎつ》き歌《うた》、よかったぞ」

「恐《おそ》れ入《い》ります……」

「苦《くる》しゅうない、面《おもて》を上《あ》げよ」

ドキドキしながらお楽《らく》は顔《かお》を上《あ》げましたが、

（う、上様《うえさま》とふたりきりだなんて……!!）

恥《は》ずかしくてうつむいたとたん、ふと夜着《よぎ》に目《め》がいきました。

「あら？　これ、わたしが縫《ぬ》ったものです」

「わかるのか？」

「はい。大事《だいじ》に縫《ぬ》い上《あ》げた着物《きもの》は、わたしの子《こ》どものようなものですので」

「着物《きもの》が子《こ》どもとは、おもしろいことを言《い》う」

「そう言《い》われればそうですね。でも、この子《こ》はいい子《こ》ですよ？　ぐずったりしませんし。

折《お》り目《め》正《ただ》しく、きちんと仕上《しあ》げましたから」

「着物《きもの》だけに折《お》り目《め》正《ただ》しく、きちんと、か。ははは
っ、かわいいなあ、楽《らく》は」

家光《いえみつ》はお楽《らく》を抱《だ》き寄《よ》せ、頭《あたま》を撫《な》でました。

しかし、お楽《らく》の明《あか》るさは取《と》り繕《つくろ》っている部分《ぶぶん》もありました。お楽《らく》の胸《むね》の奥《おく》には「わたしのせいで父《ちち》が死《し》んだ」という暗《くら》い過去《かこ》が、重石《おもし》のようにどっしりと動《うご》かずにいたのです。

（あの日《ひ》……）

亡《な》くなった父《ちち》の遺骸《いがい》にすがる母《はは》の姿《すがた》を、幼《おさな》いお楽《らく》は悲《かな》しい気持《きも》ちで見《み》つめていました。自分《じぶん》のせいで役人《やくにん》の調《しら》べが入《はい》り、父《ちち》が禁制《きんせい》の鶴《つる》を撃《う》ったことがバレてしまったのだと、わかったからです。

(わたしがのんきで考《かんが》えなしだったせいで、おとっつぁまは死《し》んだ……)

(だから、わたしはおっかさまや姉様《あねさま》や弟《おとうと》たちに一生《いっしょう》、詫《わ》びなきゃならない。みんなをしあわせにしなきゃならない)

(できれば、お腹様《はらさま》ではなく、お部屋様《へやさま》になりたい。わたしを取《と》り立《た》ててくださった春日《かすが》様《さま》のためにも、男児《だんじ》を産《う》みたい!)

悲壮《ひそう》な思《おも》いが天《てん》に通《つう》じたのか、やがて、お楽《らく》は身《み》ごもったのです。

「よくやったわ、お楽《らく》! いえ、お楽《らく》の方様《かたさま》!」

春日《かすが》は大《おお》いに喜《よろこ》び、出産《しゅっさん》の準備《じゅんび》に精《せい》を出《だ》しました。

そうして、寛永《かんえい》18年《ねん》(1641年《ねん》)8月3日《がつみっか》、巳《み》の上刻《じょうこく》(午前九時頃《ごぜんじごろ》)。

ついに、待望《たいぼう》の若君《わかぎみ》が誕生《たんじょう》しました。家光《いえみつ》にとって、初《はじ》めての男児《だんじ》です。

「この子《こ》は次代《じだい》の将軍《しょうぐん》となる……よって名《な》は竹千代《たけちよ》だ!」

そして、約《やく》ひと月後《つきご》の9月2日《がつふつか》、家光《いえみつ》は竹千代《たけちよ》を諸大名《しょだいみょう》に披露《ひろう》することにしました。

「皆《みな》の者《もの》、後継《あとつぎ》の竹千代《たけちよ》である」

「おお……」

「おめでとうございます、上様《うえさま》！」

竹千代《たけちよ》を抱《だ》き、誇《ほこ》らしげな顔《かお》で大広間《おおひろま》に入《はい》ってきたのは春日《かすが》です。その後《うし》ろには竹千代《たけちよ》の乳母《うば》たちが続《つづ》きます。

大奥《おおおく》から出《で》られないお楽《らく》は、あとからそのようなことがあったという話《はなし》を聞《き》き、その度《たび》にそっと袖《そで》で涙《なみだ》を拭《ぬぐ》いました。

（……我《わ》が子《こ》のそばにいられないこと、乳《ちち》を含《ふく》ませる子《こ》がいないのに、張《は》って張《は》って仕方《しかた》のない胸《むね》が昼《ひる》となく夜《よる》となく痛《いた》むこと、自分《じぶん》が産《う》んだ子《こ》なのに乳《ちち》をあげられる立場《たちば》にないこと……。わたしのつらさなど、どうでもいいの。あの子《こ》には次期将軍《じきしょうぐん》という輝《かがや》かしい未来《みらい》が待《ま》っているのだから）

我《わ》が子《こ》の健《すこ》やかな成長《せいちょう》を願《ねが》いつつ、せめて産着《うぶぎ》くらいは母《はは》の手《て》で、と思《おも》い、お楽《らく》は針《はり》を持《も》ち、ひと針《はり》ひと針《はり》、丁寧《ていねい》に縫《ぬ》うのでした。

❖大奥《おおおく》を彩《いろど》った女《おんな》たち❖

初期《しょき》の大奥《おおおく》では、家康《いえやす》の側室《そくしつ》・阿茶局《あちゃのつぼね》や英勝院《えいしょういん》（お勝《かつ》の方《かた》）、江《ごう》の次姉《じし》・初《はつ》（常光院《じょうこういん》／没後《ぼつご》、常《じょう》高院《こういん》）、家光《いえみつ》の姉《あね》・千《せん》（天寿院《てんじゅいん》／没後《ぼつご》、天樹院《てんじゅいん》）など徳川家《とくがわけ》でも格上《かくうえ》の女性《じょせい》たちが出入《でい》りし、将軍《しょうぐん》家《け》を支《ささ》えていました。ここではあまり知《し》られていない女性《じょせい》たちを紹介《しょうかい》します。

「**古那**《こな》」。お振《ふり》の方《かた》（家光《いえみつ》の側室《そくしつ》）の祖母《そぼ》・祖心尼《そしんに》。春日局《かすがのつぼね》の縁戚《えんせき》の女性《じょせい》で禅学《ぜんがく》に通《つう》じ、何事《なにごと》にも利発《りはつ》で家光《いえみつ》にも頼《たよ》りにされ、政《まつりごと》の相談《そうだん》にも乗《の》っていたそうです。彼女《かのじょ》が開基《かいき》となった済松寺《さいしょうじ》には、後述《こうじゅつ》のおまさ、おりさ、お振《ふり》の方《かた》（家綱《いえつな》の側室《そくしつ》）など多《おお》くの将軍家《しょうぐんけ》の側室《そくしつ》たちが葬《ほうむ》られています。

「**おまさ**」。家光《いえみつ》の次男《じなん》・亀松《かめまつ》の生母《せいぼ》。しかし、亀松《かめまつ》は数《かぞ》え三歳《さい》で夭折《ようせつ》。

「**おりさ**」。家光《いえみつ》の五男《なん》・鶴松《つるまつ》の生母《せいぼ》。しかし、鶴松《つるまつ》は生後《せいご》わずか半年《はんとし》で夭折《ようせつ》。家光《いえみつ》の没後《ぼつご》、出家《しゅっけ》し、おまさとともに祖心尼《そしんに》を師《し》とし、余生《よせい》を送《おく》りました。

「**お振**《ふり》**の方**《かた》」。家綱《いえつな》の側室《そくしつ》。生《い》きた吉祥天《きっしょうてん》と呼《よ》ばれたほどの京美人《きょうびじん》。懐妊中《かいにんちゅう》に死去《しきょ》。彼女《かのじょ》を寵愛《ちょうあい》していた家綱《いえつな》はしばらく立《た》ち直《なお》れず、次《つぎ》に側室《そくしつ》を迎《むか》えたのは十年後《ねんご》でした。

お夏《なつ》の方《かた》

——京《きょう》の町娘《まちむすめ》から将軍《しょうぐん》の妻《つま》へ——

寛永《かんえい》8年《ねん》（1631年《ねん》）秋《あき》、京《きょう》を発《た》つ行列《ぎょうれつ》がありました。

この一行《いっこう》の目的地《もくてきち》は江戸《えど》。上方《かみがた》でそろえた品々《しなじな》とともに、将軍《しょうぐん》・家光《いえみつ》の正室《せいしつ》、鷹司孝子《たかつかさたかこ》の住《す》む中《なか》の丸《まる》の御殿《ごてん》に新《あたら》しい使用人《しようにん》たちを送《おく》り届《とど》けるのです。

伊勢《いせ》の渡《わた》しで乗《の》る船《ふね》を待《ま》っているとき、一行《いっこう》の中《なか》にいた浅黒《あさぐろ》い肌《はだ》の少女《しょうじょ》が、同《おな》い年《どし》くらいの少女《しょうじょ》に声《こえ》をかけました。

「ねえねえ、おきたちゃん、江戸《えど》のお城《しろ》って、どんなところだと思《おも》う？」

「さ、さあ……？」

「大坂《おおさか》のお城《しろ》より大《おお》きいと思《おも》う？　わたし、どうせ働《はたら》くなら日本一《ひのもといち》のお城《しろ》がいいな！」

明《あか》るい声《こえ》があたりに響《ひび》き、周《まわ》りにいた大人《おとな》たちはなんとも言《い》えない顔《かお》になりました。

（なんだ、この子《こ》は）

（江戸《えど》に行《い》く意味《いみ》をわかってないのかい？　哀《あわ》れだねえ……）

すると、近《ちか》くにいた中年《ちゅうねん》の男《おとこ》がこう言《い》いました。

「お嬢《じょう》ちゃん、水《みず》を差《さ》すようで悪《わる》いが、あんたが勤《つと》めに上《あ》がるところは、そんなにいいところじゃないよ？」

「え？　鷹司《たかつかさ》のお姫様《ひめさま》のところでしょ？　お姫様《ひめさま》のところで働《はたら》けるなんて光栄《こうえい》よ。お父《とう》も、お姫様《ひめさま》にかわいがってもらえ、って言《い》ってたし」

すると、大人《おとな》たちが「ははは」と笑《わら》い出《だ》しました。

「おまえさんが姫様《ひめさま》の御前《ごぜん》に上《あ》がることは、まずないな」

「ああ、一生《いっしょう》に一度《いちど》、御尊顔《ごそんがん》を拝《はい》せるかどうかってとこだろう」

「え……」

憧《あこが》れのお姫様《ひめさま》の顔《かお》も見《み》られないのか、と思《おも》い、少女《しょうじょ》が暗《くら》い顔《かお》になります。

「おまえさん、名《な》はなんという？」

「お夏《なつ》。夏生《なつう》まれだから、お夏《なつ》」

「なるほど、おまえさんにぴったりの名《な》だ」

大人《おとな》たちは、お夏《なつ》の健康的《けんこうてき》に焼《や》けた肌《はだ》を見《み》てから続《つづ》けました。

「いいかい、お夏《なつ》。おまえさんがなるのは下働《したばたら》きの女中《じょちゅう》だ。冷《つめ》たい冬《ふゆ》の日《ひ》も冷《つめ》たい水《みず》を汲《く》み、あかぎれまみれで働《はたら》かなきゃなんねえ。けど、それでいいんだ」

「そうそう、時《とき》が来《き》たらお暇《いとま》をもらって、どっかの男《おとこ》の嫁《よめ》になりゃいい。そのほうがしあわせってもんだ。なあ？」

（……あかぎれまみれは痛《いた》いから嫌《いや》だなあ。おじさんたちの言《い》うとおり、早《はや》くお嫁《よめ》さんにならなきゃ。でも、そう簡単《かんたん》になれるのかなあ、お嫁《よめ》さんって）

大人《おとな》たちの話《はなし》を聞《き》いているうちに、お夏《なつ》は江戸《えど》へ行《い》くのが少《すこ》し憂鬱《ゆううつ》になったのでした。


「お嫁《よめ》かあ……いつ行《い》けるのかねえ」

昔《むかし》のことを思《おも》い出《だ》し、お夏《なつ》はつぶやきました。

江戸《えど》に来《き》て早《はや》十二年《ねん》。夢中《むちゅう》で働《はたら》いているうちに、あっという間《ま》に時《とき》が経《た》ち、お夏《なつ》は二十二歳《さい》になっていました。京《きょう》の実家《じっか》からは特《とく》になにも言《い》ってきません。お夏《なつ》の仕送《しおく》りを頼《たよ》りにしているからです。それがわかっているので、お夏《なつ》はお勤《つと》めをやめるつもりはないのでした。

（おきたちゃん、元気《げんき》でやってるのかなあ）

一緒《いっしょ》に江戸《えど》へ出《で》てきた女《おんな》の子《こ》は、とっくの昔《むかし》にやめています。商家《しょうか》の嫁《よめ》に望《のぞ》まれて、今《いま》は若女将《わかおかみ》になっているはずです。

お夏《なつ》は「結婚《けっこん》したらしあわせになれる」とは思《おも》っていませんでした。

それは、主《あるじ》であるお姫様《ひめさま》――鷹司孝子《たかつかさたかこ》のことがあるからです。

孝子《たかこ》は結婚当初《けっこんとうしょ》から家光《いえみつ》には見向《みむ》きもされず、中《なか》の丸《まる》の御殿《ごてん》で静《しず》かに暮《く》らしています。

何不自由《なにふじゆう》ない生活《せいかつ》を送《おく》っていますが、孝子《たかこ》は気鬱《きうつ》の病《やまい》を患《わずら》っており、たまに発作《ほっさ》が起《お》こると御殿中《ごてんじゅう》が上《うえ》を下《した》への騒《さわ》ぎになったりします。

お夏《なつ》は御末《おすえ》の立場《たちば》なので孝子《たかこ》の姿《すがた》を見《み》たこともありませんが、彼女《かのじょ》を取《と》り巻《ま》く上臈《じょうろう》たちがお匙《さじ》（医者《いしゃ》）を呼《よ》んだり、台所《だいどころ》の者《もの》たちにお湯《ゆ》を沸《わ》かせと命《めい》じたり、ふすまを開《あ》けて風通《かぜとお》しをよくしたり――と、せかせかと動《うご》き回《まわ》るのです。

最初《さいしょ》の頃《ころ》は「大変《たいへん》そう」「おかわいそう」などと心配《しんぱい》して、心《こころ》を痛《いた》めたりもしていましたが、ここに来て数年《すうねん》も経《た》つと「またか」というため息《いき》に変《か》わりました。

将軍《しょうぐん》の妻《つま》といえば、日本一幸福《にほんいちこうふく》な女《おんな》だと思《おも》われがちですが、決《けっ》してそうではありません。

最高《さいこう》の立場《たちば》にいるからこそ味《あじ》わってしまう〝不幸《ふこう》〟もあるのです。

そんなわけで、お夏《なつ》は結婚《けっこん》を夢見《ゆめみ》ることなく仕事《しごと》に励《はげ》み、

（わたしは今《いま》のままで充分《じゅうぶん》。たまにお寺参《てらまい》りで町《まち》へ出《で》たときに、お団子《だんご》とか食《た》べられるし）

と、日々《ひび》の小《ちい》さなしあわせで満足《まんぞく》していたのでしたが——。

そんなお夏《なつ》の運命《うんめい》が激変《げきへん》するのは、この年《とし》、寛永《かんえい》20年《ねん》（１６４３年《ねん》）の夏《なつ》のことでした。

突然《とつぜん》、お湯殿《ゆどの》の係《かかり》を命《めい》じられたのです。

「孝子様《たかこさま》の御指名《ごしめい》です。上様《うえさま》のお湯殿《ゆどの》に仕《つか》えよ、と」

「わたしが、ですか？」

お夏《なつ》は目《め》をぱちくりさせました。

（わたしは十二年《ねん》もここにいるけど、御末《おすえ》だし、孝子様《たかこさま》のお顔《かお》を拝《はい》したことなど一度《いちど》もないのに……直々《じきじき》に御指名《ごしめい》？？？）

御末《おすえ》は御半下《おはした》ともいい、下働《したばたら》きの女中《じょちゅう》のことを指《さ》します。屋敷《やしき》の主人《しゅじん》——お夏《なつ》の場合《ばあい》は

孝子《たかこ》――に目通《めどお》りする立場《たちば》にはなく、声《こえ》をかけてもらうこともちろんありません。だから、これは本当《ほんとう》は上臈《じょうろう》たちが決《き》めたことでしょう。

「なにか不満《ふまん》でも？」

「いえ、別《べつ》に……。しっかりと務《つと》めさせていただきます」

（これは大変《たいへん》なことになったわ。孝子様《たかこさま》のおそばに上《あ》がったこともないのに、いきなり上様《うえさま》のそば近《ちか》くでお世話《せわ》をすることになるなんて！）

思《おも》ってもみなかった出来事《できごと》に、お夏《なつ》は胸《むね》がドキドキしたのでした。


将軍《しょうぐん》の入浴《にゅうよく》は午後《ごご》の政務《せいむ》を終《お》えたあと――夕刻《ゆうこく》になります。

お湯殿《ゆどの》は四坪《つぼ》ほどの板敷《いたじ》きで楕円形《だえんけい》の湯船《ゆぶね》があり、流《なが》し場《ば》には木製《もくせい》の台座《だいざ》がありました。家光《いえみつ》はちょうどいい加減《かげん》の湯《ゆ》に浸《つ》かって、その日《ひ》の疲《つか》れを取《と》り、湯《ゆ》から上《あ》がったあとで身体《からだ》を洗《あら》います。ぬか袋《ぶくろ》が八《やっ》つほど用意《ようい》されており、顔《かお》、手《て》、背中《せなか》、腹《はら》、腕《うで》、足《あし》などを係《かかり》の者《もの》が丹念《たんねん》にぬか袋《ぶくろ》でこするのです。

が、この日《ひ》、お湯殿《ゆどの》の係《かかり》になったお夏《なつ》は緊張《きんちょう》でガチガチでした。

（お、男《おとこ》の人《ひと》の裸《はだか》なんて、お父《とう》や弟《おとうと》で慣《な》れているつもりだったのに……って、何年前《なんねんまえ》の話《はなし》よ、それ。じゅ、十年以上《ねんいじょう》も前《まえ》のことじゃないの）

粗相《そそう》があってはいけないと思《おも》い、緊張《きんちょう》しつつ、お夏《なつ》は手《て》を動《うご》かします。

（もし、なにか失敗《しっぱい》したら、京《きょう》の家族《かぞく》に迷惑《めいわく》が……）

（ええと、一《いっ》か所洗《しょあら》い終《お》わるごとにぬか袋《ぶくろ》は捨《す》てる、と）

（あら……？　それにしても、将軍様《しょうぐんさま》って肌《はだ》がつやつやなのね。確《たし》か四十近《ちか》いんじゃなかったかな？　毎日《まいにち》のお風呂《ふろ》が若《わか》さの秘訣《ひけつ》？？？）

将軍《しょうぐん》ともなれば、周《まわ》りの者《もの》たちが健康管理《けんこうかんり》をきちんとしていますし、食《た》べ物《もの》にも気《き》を配《くば》っています。まるでみんなから大事《だいじ》にされている宝物《たからもの》のようです。

（それもそっか。京《きょう》の帝《みかど》は別《べつ》として、この日本《ひのもと》でいちばん偉《えら》い人《ひと》だし……って！）

我《われ》に返《かえ》ったそのときでした、いきなり、ぬか袋《ぶくろ》を持《も》つ手《て》をつかまれたのは。

「そなた、名《な》はなんという？」

「な、夏《なつ》と申《もう》します」

なにか気《き》に入《い》らないことでもやってしまったかと、お夏《なつ》が内心震《ないしんふる》え上《あ》がっていると、家《いえ》光《みつ》がにっこり笑《わら》いました。

「そうか、夏《なつ》か。そなたの丁寧《ていねい》な仕事《しごと》ぶり、気《き》に入《い》った」

「え……上様《うえさま》？　あっ」

こうして、お夏《なつ》は家光《いえみつ》に見初《みそ》められ――。

この年《とし》の秋《あき》には、身籠《みご》もっていることがわかったのでした。


お夏《なつ》はあれよあれよという間《ま》に出世《しゅっせ》し、中《なか》の丸《まる》を出《で》て、本丸《ほんまる》の大奥《おおおく》の中《なか》に自分《じぶん》の部屋《へや》を与《あた》えられました。

（世《よ》の中《なか》、どうなってんの？　御末《おすえ》のわたしが将軍《しょうぐん》の側室《そくしつ》？　お父《とう》やお母《かあ》は今頃《いまごろ》、腰《こし》を抜《ぬ》かすほど驚《おどろ》いているだろうな）

（弟《おとうと》に言《い》ってやりたいな。将軍様《しょうぐんさま》も人間《にんげん》だよ、あんたと変《か》わらないよって）

（それにしても、お姫様《ひめさま》ってこういうふうに暮《く》らしているんだね。不自由《ふじゆう》だなあ……）

今《いま》までなら水《みず》を飲《の》みたくなったら井戸《いど》に走《はし》ればよかったのですが、今《いま》はいちいち「水《みず》を」と下《した》の者《もの》に頼《たの》み、茶碗《ちゃわん》に入《い》れて後生大事《ごしょうだいじ》に捧《ささ》げ持《も》ってくるのを部屋《へや》の奥《おく》で待《ま》っていなくてはなりません。自分《じぶん》の思《おも》うように行動《こうどう》できない、というのは実《じつ》に不便《ふべん》です。

これが日常《にちじょう》なら孝子《たかこ》がたまに気鬱《きうつ》の発作《ほっさ》を起《お》こすのも無理《むり》はない、とお夏《なつ》は思《おも》いました。

そんなある日《ひ》、お夏《なつ》は大奥総取締《おおおくそうとりしまり》のお万《まん》の方《かた》に呼《よ》び出《だ》されました。

お万《まん》はまだ若《わか》いですが、とても聡明《そうめい》で人望《じんぼう》も厚《あつ》いので、9月《がつ》に亡《な》くなった春日局《かすがのつぼね》が後継者《こうけいしゃ》に指名《しめい》したという話《はなし》です。

「お夏《なつ》の方様《かたさま》、お越《こ》しいただき、ありがとうございます。この度《たび》はご懐妊《かいにん》まことにおめでとうございます。わたくしは、お万《まん》と申《もう》します。どうぞよろしくお願《ねが》いいたします」

「お、お夏《なつ》です。ご丁寧《ていねい》にありがとうございます」

緊張《きんちょう》しつつあいさつをしたお夏《なつ》でしたが、なにやら不穏《ふおん》な気配《けはい》を感《かん》じて、そちらをちらりと見《み》ました。お万《まん》の部屋子《へやこ》でしょうか。じっ、とこちらをにらみつけています。

(え？　なに、この子《こ》。目《め》つき悪《わる》っ……って、あ！　もしかしたら、お万《まん》の方様《かたさま》のご懐妊《かいにん》がまだなのに、わたしが身籠《みご》もったから？　だから、にらんでくるの？)

そう思《おも》うと、お夏《なつ》はおかしくなり、「ふふんっ」とあごをつんと上《あ》げて、にらみ返《かえ》してやりました。そのとたん、少女《しょうじょ》が「んまあ！」と目《め》をひんむきます。

「お夏《なつ》の方様《かたさま》？　なにか……って、まあ、お玉《たま》ったらおよしなさい。お行儀《ぎょうぎ》が悪《わる》いですよ」

「……はい、失礼《しつれい》しました」

お玉《たま》と呼《よ》ばれた少女《しょうじょ》はお万《まん》に怒《おこ》られ、しゅんと肩《かた》を落《お》としました。

（ふふん、いい気味《きみ》）

けれど、このおかげでお夏《なつ》の緊張《きんちょう》がだいぶほどけました。

「それで、話《はなし》というのはなんでしょうか？」

「実《じつ》はね、あなたの産所《さんじょ》のことだけれど、上様《うえさま》が天寿院様《てんじゅいんさま》の御屋敷《おやしき》で、とお考《かんが》えだそうです」

「天寿院様《てんじゅいんさま》というと……姉上様《あねうえさま》の？」

家光《いえみつ》のいちばん上《うえ》の姉《あね》・千姫《せんひめ》は二度目《どめ》の夫《おっと》を亡《な》くしたのち、江戸《えど》に戻《もど》って出家《しゅっけ》し、天寿《てんじゅ》院《いん》と号《ごう》しています。しかし、寺《てら》に入《はい》ったわけではなく、家光《いえみつ》が千《せん》のために建《た》てた竹橋《たけばし》の御《ご》殿《てん》で暮《く》らしていました。

「天寿院様《てんじゅいんさま》がわたしの後見《こうけん》になってくださる、ということですか？」

（それって、仲《なか》のいい姉上様《あねうえさま》にわたしの母代《ははが》わりを頼《たの》んだ、ということ？）

家光《いえみつ》の生母《せいぼ》・江《ごう》と乳母《うば》の春日局《かすがのつぼね》はすでに故人《こじん》ですし、正室《せいしつ》の孝子《たかこ》はお飾《かざ》りの妻《つま》なので後見人《こうけんにん》としては役《やく》に立《た》たないのでしょう。

しかし、お夏《なつ》が思《おも》っていたよりも話《はなし》は深刻《しんこく》でした。

家光《いえみつ》は今《いま》、数《かぞ》えで四十歳《さい》。年《とし》が明《あ》ければ、四十一歳《さい》になります。

この時代《じだい》、「四十二のふたつ子《ご》は不吉《ふきつ》」だと忌《い》む風習《ふうしゅう》がありました。父親《ちちおや》が四十二歳《さい》のときに二歳《さい》になる男児《だんじ》は一家一門《いっかいちもん》に祟《たた》ると言《い》われていたのです。

「四十二と二を足《た》すと『四十四』……。『死《し》と死《し》』が重《かさ》なることから不吉《ふきつ》だと言《い》われているのです。女児《じょじ》ならば、かえって吉《きち》となりますが、男児《だんじ》が生《う》まれたら、周《まわ》りの者《もの》たちから忌《い》み子《ご》として嫌《きら》われてしまうでしょう。そうなった場合《ばあい》を考《かんが》え、天寿院様《てんじゅいんさま》の養子《ようし》に――」

お夏《なつ》はお万《まん》の言葉《ことば》をさえぎり、思《おも》わず叫《さけ》んでいました。

「……そんなっ！　来年生《らいねんう》まれてくるめぐりあわせになったのは、この子《こ》のせいじゃないのに！　それにまだ男子《おのこ》と決《き》まったわけでもありません！」

「もちろんそうよ。だから、上様《うえさま》も天寿院様《てんじゅいんさま》も、そしてわたくしも、あなたのお腹《なか》の子《こ》を大事《だいじ》に思《おも》っています。皆《みな》でその子《こ》を守《まも》りましょう」

「……はい」

お夏《なつ》はうなずくのがやっとでした。

(男子《おのこ》ならば忌《い》み子《ご》、女子《おなご》ならば吉《きち》って……)

普通《ふつう》は、男子《おのこ》であってほしいと願《ねが》うものなのに、女子《おなご》であってほしいと願《ねが》うなんて不運《ふうん》としかいいようがありません。

お夏《なつ》はまもなく、千《せん》の竹橋御殿《たけばしごてん》に引《ひ》き取《と》られました。

千《せん》は四十半《なか》ばを過《す》ぎた品《ひん》のいい女性《じょせい》で、会《あ》ったばかりのお夏《なつ》でも「上様《うえさま》が慕《した》われるのもわかる気《き》がする」と思《おも》わせるやわらかさがありました。

「ここは本丸《ほんまる》からも離《はな》れていますし、気楽《きらく》に過《す》ごしてくださいね。私《わたし》も子《こ》をふたり産《う》みましたけれど、あのときはとにかく腰《こし》が痛《いた》かったの。あなたは大丈夫《だいじょうぶ》？」

「は、はい。今《いま》のところは——」

千《せん》の気遣《きづか》いに、お夏《なつ》は恐縮《きょうしゅく》しました。本来《ほんらい》ならば、千《せん》は雲《くも》の上《うえ》の存在《そんざい》です。お夏《なつ》は一生《いっしょう》、話《はなし》をするどころか顔《かお》を見《み》ることも叶《かな》わなかったはずなのです。

（やさしすぎて、あたたかすぎて……涙《なみだ》が出《で》そう）

お夏《なつ》は家光《いえみつ》のお手《て》がついたときや懐妊《かいにん》がわかったときの、周《まわ》りの者《もの》たちの反応《はんのう》を思《おも》い出《だ》していました。御末《おすえ》の中《なか》には「なんであんたが？」と妬《ねた》みの目《め》を向《む》ける者《もの》ばかりで、唯一《ゆいいつ》、孝子付《たかこつ》きの上臈《じょうろう》が「そうか、それはめでたい」と薄《うす》く笑《わら》っただけでした。

あとからなんとなくわかったことですが、孝子《たかこ》は自分《じぶん》に仕《つか》える女《おんな》をたびたび家光《いえみつ》のもとに送《おく》っていたようです。その女《おんな》が男児《だんじ》を産《う》めば、正室《せいしつ》の孝子《たかこ》が後見《こうけん》をつとめる、という算段《さんだん》だったのでしょう。

ですが、そのあては外《はず》れてしまいました。お夏《なつ》の子《こ》は〝忌《い》み子《ご》〟の可能性《かのうせい》があるため、家光《いえみつ》は気鬱《きうつ》を患《わずら》う孝子《たかこ》に後見《こうけん》をまかせることはできないと考《かんが》え、姉《あね》の千《せん》にゆだねたのです。

こうして、お夏《なつ》は千《せん》のもとで出産《しゅっさん》に備《そな》え――。

翌年《よくとし》の寛永《かんえい》21年《ねん》（１６４４年《ねん》）５月《がつ》24日《か》、無事《ぶじ》に子《こ》を産《う》んだのです。

その瞬間《しゅんかん》、お産《さん》の痛《いた》みと興奮《こうふん》を引《ひ》きずったまま、お夏《なつ》は叫《さけ》びました。

「どっち？　男子《おのこ》？　女子《おなご》？　どっちなの！」

「……お、男子《おのこ》でございます」

赤子《あかご》を取《と》り上《あ》げた産婆《さんば》の声《こえ》が聞《き》こえたとたん、がっかりした空気《くうき》が広《ひろ》がりました。

（ああ……）

お夏《なつ》の目《め》から涙《なみだ》があふれ出《で》ました。

（ごめんね、男《おとこ》に産《う》んでしまって）

嘆《なげ》き悲《かな》しんでもどうにもならず、お夏《なつ》はしばらく臥《ふ》せってしまったのです。


お夏《なつ》が産《う》んだ子《こ》は、「長松《ちょうまつ》」と名付《なづ》けられました。

この名《な》は家光《いえみつ》の父《ちち》・秀忠《ひでただ》の幼名《ようみょう》ですので、そのことはお夏《なつ》の心《こころ》の救《すく》いになりました。大《だい》事《じ》な名《な》をもらったことで、家光《いえみつ》の長松《ちょうまつ》に対《たい》する愛情《あいじょう》を感《かん》じることができたからです。

この子《こ》は家光《いえみつ》にとって三男《なん》にあたります。将来《しょうらい》、将軍職《しょうぐんしょく》に就《つ》く可能性《かのうせい》はほとんどありませんが、親藩《しんぱん》の大名《だいみょう》になる道《みち》は残《のこ》されています。

しかし、それも〝忌《い》み子《ご》〟である長松《ちょうまつ》には難《むずか》しいのではないか、とお夏《なつ》は不安《ふあん》になりました。忌《い》み子《ご》としてひっそりと育《そだ》てられることになったので、父《ちち》・家光《いえみつ》との対面《たいめん》はなく、誕生祝《たんじょういわ》いもお七夜《しちや》の祝《いわ》いもされなかったのです。

「将軍《しょうぐん》の子《こ》に生《う》まれたのに、なんと不憫《ふびん》な……」

「お夏《なつ》、そんな顔《かお》をしてはいけません。徳川《とくがわ》にとって、この子《こ》は大事《だいじ》な子《こ》。宝物《たからもの》には違《ちが》いないのだから」

誕生《たんじょう》から半年後《はんとしご》の寛永《かんえい》21年《ねん》（1644年《ねん》）11月《がつ》14日《か》、長松《ちょうまつ》は二《に》の丸《まる》で初《はじ》めて家光《いえみつ》の長男《ちょうなん》で兄《あに》にあたる竹千代《たけちよ》と対面《たいめん》しました。が、父《ちち》・家光《いえみつ》との対面《たいめん》はまだありません。

「上様《うえさま》は、この子《こ》のことをお忘《わす》れになったのでは……？」

お夏《なつ》は不安《ふあん》でたまりません。

長松《ちょうまつ》が陰《かげ》で〝お湯殿《ゆどの》の子《こ》〟とささやかれていることも知《し》っています。

「お夏《なつ》、暗《くら》い顔《かお》をしてはだめ。私《わたし》の弟《おとうと》はとてもやさしい子《こ》なの。だから大丈夫《だいじょうぶ》。今《いま》は親《おや》としての愛情《あいじょう》を注《そそ》げなくても、いつか必《かなら》ず、抱《だ》き締《し》めてくれるはずだから」

千《せん》はやさしく励《はげ》ましてくれましたが――。

二年《ねん》経《た》っても、家光《いえみつ》は我《わ》が子《こ》に会《あ》いに来《き》ません。

「上様《うえさま》はもう、長松《ちょうまつ》のことは忘《わす》れてしまったのでしょう」

「なにを言《い》うの、お夏《なつ》」

「だって、先日《せんじつ》、また男児《だんじ》が生《う》まれたというじゃありませんか。きっと、その子《こ》に夢中《むちゅう》なんだわ、上様《うえさま》は！」

お夏《なつ》が嘆《なげ》いたとおり、正保《しょうほう》3年《ねん》（1646年《ねん》）1月8日《がつようか》、家光《いえみつ》の四男《なん》となる徳松《とくまつ》が生《う》まれていました。

徳松《とくまつ》の生母《せいぼ》は、お玉《たま》の方《かた》。そう、お夏《なつ》がまだ身籠《みご》もっていたとき、お万《まん》の方《かた》の後《うし》ろにいて、こちらをにらんできたあの少女《しょうじょ》です。

お玉《たま》が身籠《みご》もったのは、孝子《たかこ》がお夏《なつ》を差《さ》し出《だ》したのと同《おな》じ理屈《りくつ》でした。お万《まん》が、自分《じぶん》の部屋子《へやこ》のお玉《たま》を家光《いえみつ》の側室《そくしつ》にと差《さ》し出《だ》したのです。

（悔《くや》しい……！　あとから生《う》まれたくせに、上様《うえさま》に大事《だいじ》にしてもらっているなんて！）

しかも、あの憎《にく》らしい女《おんな》が産《う》んだ子《こ》かと思《おも》うと、腹《はら》が立《た》って腹《はら》が立《た》って仕方《しかた》ありません。

そんなお夏《なつ》を、千《せん》がなぐさめます。

「家光《いえみつ》の子《こ》はみんな腹違《はらちが》いだけれど、みんな同《おな》じ徳川《とくがわ》の血《ち》を受《う》け継《つ》ぐ子《こ》です。あなたも知《し》っているとは思《おも》いますが、家光《いえみつ》が頼《たよ》りにしている重臣《じゅうしん》の保科正之《ほしなまさゆき》は、父《ちち》・秀忠《ひでただ》の隠《かく》し子《ご》でした。父《ちち》はなかなか会《あ》おうとしなかったけれど、家光《いえみつ》が母《はは》の江《ごう》が亡《な》くなったあと、召《め》し出《だ》してそばに置《お》いたの。正之《まさゆき》は家光《いえみつ》のやさしさに感激《かんげき》して、将軍《しょうぐん》の子《こ》であると思《おも》いあがることもなく、幕政《ばくせい》を支《ささ》えてくれているわ。長松《ちょうまつ》は正之《まさゆき》に立場《たちば》が似《に》ている……長松《ちょうまつ》が正之《まさゆき》のように育《そだ》ってくれたら、うれしいと思《おも》うのだけど」

「日陰《ひかげ》の身《み》として、ということですか」

「ええ、それが弟《おとうと》の役目《やくめ》であり、しあわせになる道《みち》だと私《わたし》は思《おも》います。間違《まちが》っても、兄弟《きょうだい》で将軍《しょうぐん》の座《ざ》を争《あらそ》ってはいけないわ。長幼《ちょうよう》の序《じょ》は厳《きび》しく教《おし》え込《こ》まねばね」

そう言《い》って、千《せん》は遠《とお》い目《め》をしました。

その昔《むかし》、切腹《せっぷく》に追《お》いやられた二番目《ばんめ》の弟《おとうと》・忠長《ただなが》のことを思《おも》い出《だ》したのでしょう。

忠長《ただなが》は幼少《ようしょう》の頃《ころ》から聡明《そうめい》であったために、周《まわ》りの者《もの》たちが「次期将軍《じきしょうぐん》に」と騒《さわ》ぎ立《た》てました。が、家康《いえやす》が「長男《ちょうなん》の竹千代《たけちよ》（家光《いえみつ》）が家督《かとく》を継《つ》ぐべき」と定《さだ》めたので、一大名《いちだいみょう》の座《ざ》にとどまったのです。それが心《こころ》にしこりを残《のこ》したのか、母《はは》が亡《な》くなったさみしさからだったのか、忠長《ただなが》はやがて乱行《らんぎょう》に走《はし》り、ついには自害《じがい》に追《お》い込《こ》まれたのでした。

「……話《はなし》が遠回《とおまわ》りしてしまったけれど、四男《なん》の徳松《とくまつ》は長松《ちょうまつ》よりも立場《たちば》は下《した》。もし、上《うえ》の兄《あに》たちが亡《な》くなるようなことがあったら、嫡男《ちゃくなん》の立場《たちば》になるのは長松《ちょうまつ》よ」

「でも、徳松君《とくまつぎみ》はお万《まん》の方《かた》がかわいがっているお玉《たま》の方《かた》の子《こ》ですよ？　上様《うえさま》の寵愛《ちょうあい》が長松《ちょうまつ》より徳松君《とくまつぎみ》にあれば……」

「私《わたし》の弟《おとうと》は、そんな愚《おろ》かなことはしないわ。なら、どうして私《わたし》を養母《ようぼ》にしたの？　いざというとき、長松《ちょうまつ》の立場《たちば》を良《よ》くするためよ。なにせ、私《わたし》は徳川《とくがわ》の最長老《さいちょうろう》ですからね。うるさいことを言《い》う者《もの》がいれば、私《わたし》が退《しりぞ》けます」

そう言《い》う千《せん》の微笑《ほほえ》みは、お夏《なつ》には頼《たの》もしく見《み》えました。

「天寿院様《てんじゅいんさま》……ありがとうございます」

それから、三年後《ねんご》――。

慶安《けいあん》2年《ねん》（1649年《ねん》）11月9日《がつここのか》、長松《ちょうまつ》が竹橋御殿《たけばしごてん》を出《で》ることになりました。

家光《いえみつ》が、長松《ちょうまつ》を数《かぞ》え六歳《さい》にして独立《どくりつ》させたのです。そのお祝《いわ》いに、家光《いえみつ》から養母《ようぼ》の千《せん》と長松《ちょうまつ》にそれぞれ祝《いわ》いの品《しな》が届《とど》けられました。これは将軍家《しょうぐんけ》の行事《ぎょうじ》として扱《あつか》われた証拠《しょうこ》です。

「よかったわね、お夏《なつ》」

「はい、天寿院様《てんじゅいんさま》。ようやく認《みと》められたのですね……」

お夏《なつ》は家光《いえみつ》から届《とど》いた祝《いわ》いの品々《しなじな》を前《まえ》に長松《ちょうまつ》を座《すわ》らせ、こう言《い》いました。

「これは父上《ちちうえ》からの贈《おく》り物《もの》です。あなたに立派《りっぱ》に徳川《とくがわ》を支《ささ》えていってほしい、という願《ねが》いが込《こ》められているのよ。あなたはここから巣立《すだ》つのです、しっかりね」

「はい、母上様《ははうえさま》」

長松《ちょうまつ》は素直《すなお》に返事《へんじ》をしました。ふたりの母《はは》や住《す》み慣《な》れた屋敷《やしき》から離《はな》れるさみしさを、ぐっとこらえたのです。これも、千《せん》の教育《きょういく》の賜物《たまもの》だとお夏《なつ》は感謝《かんしゃ》しました。

(身分《みぶん》の低《ひく》いわたしが育《そだ》てたら、こうはいかなかった。長《ちょう》じたのち、上様《うえさま》から頼《たよ》りにされるような男《おとこ》になってほしい……ううん、きっとなるわ。この子《こ》なら大丈夫《だいじょうぶ》)

しかし、その二年後《ねんご》。

家光《いえみつ》が病《やまい》に倒《たお》れ、徳川《とくがわ》の未来《みらい》に暗雲《あんうん》が漂《ただよ》うことになったのです。

慶安《けいあん》4年《ねん》(1651年《ねん》)——。

死《し》を覚悟《かくご》した家光《いえみつ》から、4月《がつ》3日《みっか》に、三男《なん》の長松《ちょうまつ》と四男《なん》の徳松《とくまつ》にそれぞれ十五万石《まんごく》ずつが贈《おく》られ、家臣団《かしんだん》も与《あた》えられました。

次男《じなん》の亀松《かめまつ》は三歳《さい》で、五男《なん》の鶴松《つるまつ》は生《う》まれたその年《とし》に亡《な》くなっていますので、家光《いえみつ》は長《ちょう》松《まつ》と徳松《とくまつ》のふたりに、いずれは四代目《だいめ》の将軍《しょうぐん》となる家綱《いえつな》を支《ささ》えてほしいと願《ねが》い、大名《だいみょう》にすることにしたのです。

八歳《さい》の長松《ちょうまつ》と六歳《さい》の徳松《とくまつ》は父《ちち》・家光《いえみつ》の見舞《みま》いに訪《おとず》れたとき、

「父上《ちちうえ》の看病《かんびょう》をさせてください」

「私《わたし》もお世話《せわ》をしたいです」

と願《ねが》いましたが、老中《ろうじゅう》たちに却下《きゃっか》されました。

家光《いえみつ》の病《やまい》は公《おおやけ》にはされておらず、「そのようなことをすれば、将軍《しょうぐん》の危篤《きとく》が世《よ》に知《し》られてしまう」と懸念《けねん》したからです。

しかし、その後《ご》、家光《いえみつ》の容態《ようだい》は持《も》ち直《なお》すことはなく――。

4月《がつ》20日《はつか》、永遠《えいえん》の眠《ねむ》りにつきました。四十八歳《さい》でした。

家光《いえみつ》の没後《ぼつご》、お夏《なつ》は出家《しゅっけ》し、順性院《じゅんしょういん》と号《ごう》することになりました。

(愛《あい》された記憶《きおく》もたいしてないのに、妻《つま》として菩提《ぼだい》を弔《とむら》うなんて……いいのかしら)

もちろん、家光《いえみつ》には感謝《かんしゃ》しています。

母《はは》となる喜《よろこ》びや苦《くる》しみを知《し》りましたし、千《せん》のようなやさしい女性《じょせい》に大事《だいじ》にしてもらい、何不自由《なにふじゆう》ない暮《く》らしを送《おく》ることができました。

長松《ちょうまつ》は甲府《こうふ》十五万石《まんごく》の大名《だいみょう》となり、今《いま》は桜田《さくらだ》の屋敷《やしき》に住《す》んでいます。

甲府《こうふ》を治《おさ》める立場《たちば》なので、甲府宰相《こうふさいしょう》と呼《よ》ばれるようになりましたが、甲府《こうふ》に住《す》むわけではありません。江戸《えど》定住《ていじゅう》を定《さだ》められているので、参勤交代《さんきんこうたい》をする必要《ひつよう》もないのです。

そして、うれしいことに、長松《ちょうまつ》は母《はは》のお夏《なつ》を桜田《さくらだ》の屋敷《やしき》に呼《よ》び寄《よ》せてくれたのです。

(将軍《しょうぐん》になる運命《うんめい》になくとも、家光公《いえみつこう》にとっての保科正之殿《ほしなまさゆきどの》のように兄《あに》の家綱様《いえつなさま》を支《ささ》え、幕府《ばくふ》になくてはならない存在《そんざい》になってほしい……。この母《はは》がいつも見守《みまも》っていますからね)

お夏《なつ》は我《わ》が子《こ》のそばにいられることをしあわせに思《おも》いながら、毎日《まいにち》、家光《いえみつ》の位牌《いはい》に手《て》を合《あ》わせるのでした。

❖将軍《しょうぐん》の優雅《ゆうが》なバスタイム❖

将軍《しょうぐん》に限《かぎ》らず、大奥《おおおく》の女性《じょせい》たちも入浴《にゅうよく》の際《さい》、身体《からだ》を洗《あら》うのは「ぬか袋《ぶくろ》」だったそうです。

これは米《こめ》ぬかを木綿《もめん》の小《ちい》さな袋《ふくろ》に入《い》れたもので、今《いま》でいう石鹸《せっけん》やボディーソープの役目《やくめ》を果《は》たしていました。米《こめ》ぬかは解毒作用《げどくさよう》があり、肌《はだ》が突《つ》っ張《ぱ》らず、潤《うるお》いを保《たも》ち、美白効果《びはくこうか》もあります。江《え》戸城《どじょう》の人々《ひとびと》の若々《わかわか》しい肌《はだ》の秘訣《ひけつ》は米《こめ》ぬかにあり。現代《げんだい》でも米《こめ》ぬかを使《つか》った化粧品《けしょうひん》は多《おお》く流通《りゅうつう》していますので、使《つか》ってみてはいかがでしょう。

さて、将軍《しょうぐん》のバスタイムですが。ぬか袋《ぶくろ》で身体《からだ》を洗《あら》ったあと、お湯殿《ゆどの》の係《かかり》が丸柄杓《まるひしゃく》で背中《せなか》から湯《ゆ》をかけて流《なが》したのち、お上《あ》がり場《ば》という部屋《へや》へ移《うつ》り、将軍《しょうぐん》に浴衣《ゆかた》を着《き》せます。この浴衣《ゆかた》は肌《はだ》が乾《かわ》くまで何枚《なんまい》も取《と》り換《か》えるので、最低《さいてい》でも七~八枚《まい》は必要《ひつよう》だったとか。

ちなみに、将軍《しょうぐん》の御台所《みだいどころ》の入浴《にゅうよく》は朝《あさ》。将軍《しょうぐん》の御渡《おわた》りがある日《ひ》は夕方《ゆうがた》に入《はい》ったそうですが、基本《きほん》的《てき》には朝《あさ》で、起床後《きしょうご》、うがい、手洗《てあら》いなどを済《す》ませたのちに入浴《にゅうよく》。朝食《ちょうしょく》を摂《と》りながら髪《かみ》を結《ゆ》わせ、化粧《けしょう》もし、将軍《しょうぐん》がお出《で》ましになる毎朝《まいあさ》の総触《そうぶ》れ（午前十時《ごぜんじ》）に間《ま》に合《あ》わせたそうですよ。

お満流《まり》の方《かた》

——将軍《しょうぐん》生母《せいぼ》になり損《そこ》ねた不運《ふうん》の妻《つま》——

第《だい》四代《だい》将軍《しょうぐん》・家綱《いえつな》の御台所《みだいどころ》は伏見宮家《ふしみのみやけ》から嫁《とつ》いできた浅宮顕子《あさのみやあきこ》です。が、家綱《いえつな》と浅宮《あさのみや》は結婚後《けっこんご》まもなく不仲《ふなか》となり、子《こ》はできませんでした。

結婚《けっこん》してから二十年後《ねんご》に浅宮《あさのみや》が亡《な》くなり……。翌年《よくとし》の延宝《えんぽう》5年《ねん》（1677年《ねん》）、家綱《いえつな》は側室《そくしつ》を迎《むか》えました。旗本《はたもと》の娘《むすめ》、お満流《まり》です。

お満流《まり》の母方《ははかた》の祖父《そふ》は『三河物語《みかわものがたり》』を書《か》いた大久保彦左衛門《おおくぼひこざえもん》。彼《かれ》は三河時代《みかわじだい》から家康公《いえやすこう》を支《ささ》え、家光公《いえみつこう》の時代《じだい》まで活躍《かつやく》しています。そんなわけで血筋《ちすじ》としては申《もう》し分《ぶん》ありません。

まだ十八歳《さい》で屈託《くったく》のない笑顔《えがお》が魅力的《みりょくてき》な彼女《かのじょ》に、家綱《いえつな》はすぐに夢中《むちゅう》になりました。

「三河物語《みかわものがたり》を読《よ》んだぞ。そなたのおじい様《さま》はすごいな。聞《き》いている話《はなし》と違《ちが》うところもあるが、読《よ》み物《もの》として充分《じゅうぶん》おもしろかった」

「おほめいただき、ありがとうございます。わたしは本能寺《ほんのうじ》の変《へん》のくだりが怖《こわ》かったです。女《おんな》たちが次々《つぎつぎ》と首《くび》を刎《は》ねられて……戦《いくさ》とはなんと恐《おそ》ろしいものでしょう」

「あ、いや、それは事実《じじつ》とは違《ちが》うようだぞ。信長公《のぶながこう》は女《おんな》たちを逃《に》がしたはず――」

「そうなんですか？　まあ、上様《うえさま》はよくご存《ぞん》じなのですね！　さすがは天下《てんか》の将軍様《しょうぐんさま》だわ。上様《うえさま》は戦《いくさ》のない世《よ》の中《なか》をお作《つく》りになった、神君家康公《しんくんいえやすこう》の血《ち》を引《ひ》く御方《おかた》……。これからも泰《たい》平《へい》の世《よ》であるよう、わたしもそばでお見守《みまも》りさせてください」

「も、もちろんだとも」

三十代後半《だいこうはん》の家綱《いえつな》は、もうデレデレです。一方《いっぽう》のお満流《まり》は親子《おやこ》ほども離《はな》れている家綱《いえつな》に対《たい》し、夫《おっと》というよりは父親《ちちおや》のように慕《した》っているような感《かん》じが拭《ぬぐ》えないのですが……。

なにはともあれ、ふたりの相性《あいしょう》はぴったりで、その翌年《よくとし》の延宝《えんぽう》6年《ねん》（1678年《ねん》）の夏《なつ》のはじめにお満流《まり》の妊娠《にんしん》がわかり、家綱《いえつな》は大《おお》いに喜《よろこ》びました。

「おお、私《わたし》もようやく父《ちち》になれそうだ」

「ふふっ、上様《うえさま》。わたしもうれしいです。母《はは》になるのですね」

お満流《まり》もお腹《なか》に手《て》をあてて、にこにこと笑《わら》います。

家綱《いえつな》は三十八歳《さい》。そろそろ後継《あとつぎ》を作《つく》ってくれないと困《こま》ると思《おも》っていた老中《ろうじゅう》たちは、ほっと胸《むね》を撫《な》でおろしました。気《き》に入《い》る女《おんな》を見《み》つけるまでがなかなか大変《たいへん》だったのです。

（ようやく後継《あとつぎ》が！）

（いやいや、まだ男子《おのこ》と決《き》まったわけではないぞ？）

（うむ。いや、もし姫《ひめ》でも、その姫《ひめ》が嫁《とつ》ぎ先《さき》で産《う》んだ男児《だんじ》をもらえばいい）

（なるほど、それでお世継《よつ》ぎ問題《もんだい》は解決《かいけつ》だ）

お満流《まり》の懐妊《かいにん》はすぐに諸大名《しょだいみょう》に知《し》れ渡《わた》り、家綱《いえつな》も張《は》り切《き》って、へその緒《お》を切《き》る役《やく》、邪気《じゃき》を払う蟇目役《ひきめやく》などを考《かんが》え、子《こ》どもが誕生《たんじょう》したときに行《おこな》う儀式《ぎしき》の準備《じゅんび》を進《すす》めました。

妊娠《にんしん》七か月目《げつめ》に入《はい》り、安定期《あんていき》を迎《むか》えた頃《ころ》、家綱《いえつな》の姉《あね》・千代《ちよ》の使《つか》いが大奥《おおおく》へやってきました。千代《ちよ》は尾張徳川家《おわりとくがわけ》に嫁《とつ》ぎ、息子《むすこ》をふたり産《う》んでいます。

「おお、姉上《あねうえ》からか」

「まあ、腹帯《はらおび》まで！　元気《げんき》な子《こ》を産《う》めそうです！」

（わたし、本当《ほんとう》に上様《うえさま》の子《こ》を産《う》むのね）

お満流《まり》はドキドキしていました。

その後《ご》もお祝《いわ》いの品《しな》が次々《つぎつぎ》と届《とど》き、家綱《いえつな》やお満流《まり》だけでなく、上臈《じょうろう》や使用人《しようにん》にまでいろんな物《もの》が配《くば》られました。まるでお祭《まつ》り騒《さわ》ぎです。

11月《がつ》23日《にち》には「今日《きょう》ご誕生《たんじょう》」の風説《ふうせつ》が流《なが》れ、大名《だいみょう》たちは登城《とじょう》の準備《じゅんび》をあわただしくはじめましたが、誤報《ごほう》だとわかり、がっかりと座《すわ》り込《こ》みました。

28日《にち》には、あちこちの寺社《じしゃ》から安産祈願《あんざんきがん》の御札《おふだ》が江戸城《えどじょう》に届《とど》けられました。

江戸中《えどじゅう》で誕生祈念《たんじょうきねん》の儀式《ぎしき》やお祓《はら》いが行《おこな》われています。

「まだか？　まだ生《う》まれないのか？」

家綱《いえつな》はいてもたってもいられず、政務《せいむ》に身《み》が入《はい》りません。

「上様《うえさま》、落《お》ち着《つ》いてください。まだ妊娠《にんしん》七か月目《げつめ》ですぞ」

「こ、子《こ》どもはいつ生《う》まれるものなのだ？」

「十月十日《とつきとおか》と言《い》いますので、来年《らいねん》……になるのでは？」

「そ、そうか」

やきもきしている間《ま》に月《つき》が替《か》わり――。

12月《がつ》のある日《ひ》、江戸城《えどじょう》には重《おも》い空気《くうき》が漂《ただよ》うことになりました。

お満流《まり》が流産《りゅうざん》してしまったのです。

「誰《だれ》かが、わたしを突《つ》き飛《と》ばしたのです。ああ、庭《にわ》など散歩《さんぽ》しなければよかった……」

しかも、流《なが》れてしまった子《こ》は男児《だんじ》でした。無事《ぶじ》に生《う》まれてきてくれたら、次代《じだい》の将軍《しょうぐん》として大事《だいじ》に育《そだ》てられたことでしょう。

「上様《うえさま》、上様《うえさま》の大切《たいせつ》なお子《こ》を……申《もう》し訳《わけ》ございません」

お満流《まり》は泣《な》き伏《ふ》し、犯人捜《はんにんさが》しが行《おこな》われましたが、お満流《まり》が誰《だれ》に突《つ》き飛《と》ばされたのか、結局《けっきょく》わかりませんでした。

「そなたはまだ若《わか》い。子《こ》はまた作《つく》ればよい。そなたとなら、また、きっと……」

家綱《いえつな》だけでなく、老中《ろうじゅう》たちも十九歳《さい》のお満流《まり》に望《のぞ》みをかけていました。

(上様《うえさま》は昔《むかし》から身体《からだ》が弱《よわ》い。早《はや》く世継《よつ》ぎをもうけていただかなくては、徳川宗家存続《とくがわそうけそんぞく》の危機《きき》が……)

やがて、皆《みな》の願《ねが》いが天《てん》に通《つう》じたのか、お満流《まり》はふたたび身《み》ごもりました。

「上様《うえさま》、わたしのお腹《なか》の中《なか》に赤《あか》ちゃんが」

「でかした、お満流《まり》！ きっと男子《おのこ》に違《ちが》いない。身体《からだ》を厭《いと》えよ」

ですが――しあわせな時間《じかん》は長《なが》くは続《つづ》きませんでした。

「上様《うえさま》？ 上様《うえさま》ーっ!?」

延宝《えんぽう》8年《ねん》（1680年《ねん》）5月《がつ》に入《はい》ったある日《ひ》、突然《とつぜん》、家綱《いえつな》が腹部《ふくぶ》を押《お》さえて倒《たお》れたのです。

家綱《いえつな》は激痛《げきつう》に悶《もだ》え、呼吸困難《こきゅうこんなん》に陥《おちい》りました。

快復《かいふく》するに越《こ》したことはないのですが、万《まん》が一《いち》ということがあります。

「そ、早急《そうきゅう》にお世《よ》継《つ》ぎ問題《もんだい》を話《はな》し合《あ》わねば！」

というわけで、老中《ろうじゅう》たちは急《いそ》いで集《あつ》まったのですが、話《はな》し合《あ》いは紛糾《ふんきゅう》しました。

「一時的《いちじてき》に、宮家《みやけ》から親王様《しんのうさま》を迎《むか》えて将軍《しょうぐん》に据《す》えるのはいかがか。お満流《まり》の方《かた》は今《いま》、妊娠《にんしん》三か月《げつ》。また流産《りゅうざん》しないとも限《かぎ》らないし、生《う》まれてくる子《こ》が女児《じょじ》の可能性《かのうせい》もある」

「なら、姫《ひめ》だった場合《ばあい》は親王将軍《しんのうしょうぐん》の妻《つま》に」

「徳川宗家《とくがわそうけ》の血筋《ちすじ》なら綱吉公《つなよしこう》や亡《な》き綱重様《つなしげさま》の子《こ》の綱豊様《つなとよさま》がいる。それに御三家《ごさんけ》も健在《けんざい》ぞ。尾張《おわり》ならば千代姫様《ちよひめさま》が――」

「だから、親王将軍《しんのうしょうぐん》は一時的《いちじてき》な措置《そち》だと言《い》うておろう！　この話《はなし》、進《すす》めるぞ」

(大変《たいへん》だ！　このままでは宮家《みやけ》の将軍《しょうぐん》を立《た》てられてしまう)

老中《ろうじゅう》のひとり堀田正俊《ほったまさとし》は家綱《いえつな》のもとへ向《む》かいました。彼《かれ》は春日局《かすがのつぼね》が取《と》り立《た》てた正盛《まさもり》の息《むす》子《こ》です。

「お世継《よつ》ぎには、弟君《おとうとぎみ》の綱吉様《つなよしさま》がよろしいと思《おも》います。綱吉様《つなよしさま》は家光公《いえみつこう》の四男《なん》。甥《おい》の綱豊《つなとよ》様《さま》ではお血筋《ちすじ》が遠《とお》くなります」

血筋《ちすじ》の濃《こ》い薄《うす》いで考《かんが》えれば、綱吉《つなよし》が継《つ》ぐのが本筋《ほんすじ》です。

「……わかった。左様《さよう》せい……」

家綱《いえつな》は苦《くる》しい息《いき》をつきながらうなずき——5月《がつ》8日《ようか》、四十歳《さい》で亡《な》くなりました。


「う、上様《うえさま》が……亡《な》くなられた？」

その報《しら》せに、お満流《まり》は愕然《がくぜん》としました。

身体《からだ》の内側《うちがわ》から震《ふる》えて震《ふる》えて、どうにも止《と》まりません。

「そんな……この子《こ》は？　この子《こ》はどうなるの？　次《つぎ》の将軍《しょうぐん》は弟君《おとうとぎみ》の綱吉様《つなよしさま》だと聞《き》いたわ。この子《こ》の立場《たちば》は？」

お満流《まり》は震《ふる》える手《て》で、お腹《なか》に手《て》を当《あ》てます。

そんな彼女《かのじょ》を落《お》ち着《つ》かせようと、そばにいた上臈《じょうろう》が背中《せなか》をさすりました。

「問題《もんだい》ありませんよ。綱吉様《つなよしさま》はお腹《なか》の子《こ》が男子《おのこ》だった場合《ばあい》、長《ちょう》じたのちに将軍職《しょうぐんしょく》を譲《ゆず》ると誓紙《せいし》を書《か》かれたそうですから」

「……そんなの、あてにならないわ。約束《やくそく》なんて破《やぶ》るためにあるのよ？　家康公《いえやすこう》が豊臣《とよとみ》になんて言《い》ったか知《し》ってる？　秀頼公《ひでよりこう》が長《ちょう》じたのち政権《せいけん》はお返《かえ》しします、よ？　男《おとこ》は平気《へいき》で嘘《うそ》をつく生《い》き物《もの》なのよ……！」

精神的《せいしんてき》に追《お》い詰《つ》められたお満流《まり》は、手《て》や足《あし》をバタバタさせて暴《あば》れ出《だ》しました。

「ご、ご乱心《らんしん》じゃ！」

「お、お匙《さじ》を早《はや》く！」

家綱《いえつな》の死《し》の衝撃《しょうげき》はあまりにも大《おお》きく――。

しばらくして、お満流《まり》はまた流産《りゅうざん》してしまったのです。

こうして、第四代将軍《だいよんだいしょうぐん》・家綱《いえつな》の血筋《ちすじ》は絶《た》えてしまったのでした。

終章《しゅうしょう》

――第三代《だいさんだい》将軍《しょうぐん》徳川家光《とくがわいえみつ》の側室《そくしつ》・お玉《たま》の方《かた》――

時《とき》はさかのぼり――……。

寛永《かんえい》16年《ねん》（1639年《ねん》）秋《あき》、伊勢慶光院《いせけいこういん》の院主《いんじゅ》が還俗《げんぞく》して尼姿《あますがた》をやめ、名《な》をお万《まん》と改《あらた》めて、第三代将軍《だいさんだいしょうぐん》・家光《いえみつ》の側室《そくしつ》になるべく江戸城《えどじょう》へ上《あ》がりました。

お玉《たま》も供《とも》をすべく髪《かみ》を伸《の》ばしてともに大奥《おおおく》へ入《はい》り、お万《まん》の部屋子《へやこ》となったのですが、お万《まん》は家光《いえみつ》の乳母《うば》・春日局《かすがのつぼね》の策略《さくりゃく》で強引《ごういん》に側室《そくしつ》にされたため、お玉《たま》は家光《いえみつ》のことを憎《にく》く思《おも》っていました。

（将軍《しょうぐん》なんて大《だい》っ嫌《きら》い！　お万様《まんさま》を無理《むり》やり妻《つま》にして！）

ですが、最初《さいしょ》は涙《なみだ》を堪《こら》えて側室《そくしつ》になったお万《まん》は、家光《いえみつ》と毎夜《まいよ》のように過《す》ごすうちに変《か》わっていきました。家光《いえみつ》と過《す》ごした翌日《よくじつ》のお万《まん》はキラキラと輝《かがや》いていて、まぶしいくらいです。

（くっ……将軍《しょうぐん》め、お万様《まんさま》の素直《すなお》さにつけ込《こ》んで!!　今《いま》はおしあわせそうだからいいけれど、お万様《まんさま》を悲《かな》しませるようなことをしたら、杖《つえ》でぶっ叩《たた》いてやるんだから！）

なのに、お玉《たま》はある日《ひ》、春日局《かすがのつぼね》にこう言《い》われました。

「お玉《たま》、そなた、上様《うえさま》のおそばに上《あ》がる気《き》はあるか？」

「えっ、わたしが？　なんで？」

そのとたん、春日《かすが》が目《め》を吊《つ》り上《あ》げました。今《いま》にも頭《あたま》の上《うえ》に角《つの》が出《で》そうです。

「その口《くち》の利《き》き方《かた》はなんですか？　慶光院《けいこういん》での修行《しゅぎょう》が足《た》りなかったようですね。今《いま》からでも伊勢《いせ》に戻《もど》ったらどうですか」

（鬼婆《おにばば》め〜〜、わたしをお万様《まんさま》から引《ひ》き離《はな》そうったって、そうはいかないんだから！）

「嫌《いや》です。わたしはお万様《まんさま》の弁慶《べんけい》なのです。片時《かたとき》もおそばを離《はな》れない覚悟《かくご》です」

「そう？　ならば、覚《おぼ》えることはたくさんありますよ。さ、こちらへ」

「ふふふっ、春日様《かすがさま》、お玉《たま》を鍛《きた》えてやってくださいね」

「お、お万様《まんさま》ぁ〜〜？」

伊勢《いせ》へ戻《もど》されるどころか、お玉《たま》は春日《かすが》に礼儀作法《れいぎさほう》や仕事《しごと》を一から叩《たた》き込《こ》まれ、気《き》がつけば御中臈《おちゅうろう》としてバリバリ働《はたら》くようになっていました。

（ふふん、わたしはやればできる女《おんな》なのよ。でも、なんで春日様《かすがさま》はわたしを将軍《しょうぐん》付《つ》きの御《お》中臈《ちゅうろう》にしたの？　わたしは将軍《しょうぐん》が大《だい》っ嫌《きら》いなのに）

春日《かすが》のことを心《こころ》の中《なか》で鬼婆《おにばば》と呼《よ》ばなくなっただけ成長《せいちょう》したと言《い》えますが、何年《なんねん》経《た》ってもお玉《たま》は家光《いえみつ》のことを好《す》きになれません。

そうこうしているうちに、寛永《かんえい》20年《ねん》（１６４３年《ねん》）9月《がつ》に春日《かすが》が亡《な》くなり、大奥総取締《おおおくそうとりしまり》の役目《やくめ》はお万《まん》が継《つ》ぐことになったのですが、お万《まん》が大奥《おおおく》に上《あ》がってから四年《ねん》、この間《かん》にお万《まん》が身籠《みご》もることはなく、他《ほか》の側室《そくしつ》たち――お楽《らく》の方《かた》やおまさの方《かた》が男児《だんじ》を産《う》みました。

そして、今《いま》……寛永《かんえい》21年《ねん》（１６４４年《ねん》）秋《あき》、家光《いえみつ》の子《こ》を腹《はら》に宿《やど》したお夏《なつ》という女《おんな》が、お玉《たま》の目《め》の前《まえ》にいました。お夏《なつ》はお湯殿《ゆどの》の係《かかり》で、この夏《なつ》、家光《いえみつ》の手《て》がついたのです。

（一夜《いちや》の戯《たわむ》れでお子《こ》を授《さず》かるなど、なんて運《うん》のいい女《おんな》なんだろう）

お玉《たま》は憎《にく》らしく思《おも》いましたが、お夏《なつ》はお夏《なつ》でかわいそうなことになりました。

生《う》まれてくる子《こ》が男児《だんじ》だった場合《ばあい》、忌《い》み子《ご》になってしまう可能性《かのうせい》が出《で》てきたのです。そのため、お夏《なつ》は天寿院《てんじゅいん》（千姫《せんひめ》）のもとで出産《しゅっさん》に臨《のぞ》むことになったのですが――。

（女児《じょじ》だった場合《ばあい》は逆《ぎゃく》に吉《きち》でお腹様《はらさま》になる。子《こ》を産《う》んだ女《おんな》は、次《つぎ》の子《こ》を孕《はら》むのを期待《きたい》されるもの。いつ上様《うえさま》のご寵愛《ちょうあい》がお万様《まんさま》からお夏《なつ》の方《かた》に移《うつ》るかわからない……）

「お万様《まんさま》、わたし、決《き》めました。上様《うえさま》のおそばに上《あ》がります！」

「えっ……お玉《たま》、どうして……？」

「他《ほか》の女《おんな》が上様《うえさま》の子《こ》を産《う》むのが悔《くや》しくてならないのです。だから、わたしがお万様《まんさま》の代《か》わりに子《こ》を産《う》んでみせます！」

言《い》ったとたん、お玉《たま》は泣《な》き出《だ》してしまいました。好《す》きでもない男《おとこ》の子《こ》を産《う》むなど、考《かんが》えるだけでも嫌《いや》になりますが、お万《まん》が不幸《ふこう》になるほうが、お玉《たま》はもっと嫌《いや》なのです。

「前《まえ》にも、こんなことがあったわね……。あなたはわたくしの代《か》わりに泣《な》いてくれた。でも、此度《こたび》は無理《むり》しなくていいのよ？」

「いえ、亡《な》き春日様《かすがさま》もわたしに上様《うえさま》のおそばに上《あ》がる気《き》はあるか、と言《い》っておられましたし。とにかく、なります！　上様《うえさま》の妻《つま》に」

「そう？　お玉《たま》がそう言《い》うなら……それに、上様《うえさま》もお玉《たま》のことを気《き》に入《い》っていたみたいですしね。きっと大事《だいじ》にしてくださるわ」

（えっ、上様《うえさま》がわたしのことを？　そんな馬鹿《ばか》な）

きっとお万《まん》の勘違《かんちが》いだろうと思《おも》っている間《ま》に、お万《まん》は段取《だんど》りをつけ、お玉《たま》が寝所《しんじょ》に召《め》される日《ひ》がやってきて——。

一組《ひとくみ》の布団《ふとん》が敷《し》かれた静《しず》かな部屋《へや》の中《なか》で、三《み》つ指《ゆび》をついて待《ま》っている間《あいだ》、お玉《たま》は昔《むかし》のことを思《おも》い出《だ》しました。八百屋《やおや》の娘《むすめ》だった頃《ころ》、六条家《ろくじょうけ》の裏口《うらぐち》に野菜《やさい》を届《とど》けに行《い》ったときに偶然《ぐうぜん》、中《なか》からひとりの少女《しょうじょ》が出《で》てきたのです。

「あら？　この木戸《きど》は、こんなところにつながっていたのね」

この家《いえ》のお姫様《ひめさま》だ、ということはすぐにわかりました。綺麗《きれい》な着物《きもの》を着《き》ていますし、髪《かみ》は整《ととの》えられ、白《しろ》い頬《ほほ》は煤《すす》で汚《よご》れたりしていません。

「あなたが手《て》に持《も》っているのは、なあに？」

「そんなことも知《し》らないの？　これは大根《だいこん》よ」

「まあ、これが？　こんなに大《おお》きくて、しかも泥《どろ》がついているのね」

切《き》ったり煮《に》たり漬《つ》けたりと、この姫《ひめ》は調理《ちょうり》されたものしか見《み》たことがなかったようです。お玉《たま》は着物《きもの》の裾《すそ》で大根《だいこん》の泥《どろ》を取《と》ってから姫《ひめ》に差《さ》し出《だ》し、

「かじってごらんよ、うまいから」

姫《ひめ》は小《ちい》さな口《くち》で、かぷっ、と大根《だいこん》に食《く》いつき、目《め》を丸《まる》くしました。

「……本当《ほんとう》！　みずみずしいのね」

六条家《ろくじょうけ》の姫《ひめ》の名《な》は梅子《うめこ》といい、これをきっかけに、ふたりは仲良《なかよ》くなりました。

お玉《たま》は市井《しせい》のことをおもしろおかしく話《はな》し、梅子《うめこ》は季節《きせつ》の折々《おりおり》に『万葉集《まんようしゅう》』に載《の》っている和歌《わか》の話《はなし》などをしてくれたのです。

上野《かみつけ》の佐野《さの》の茎立《くくたち》の折《お》りはやし　あれは待《ま》たむゑ　今年《ことし》こずとも（詠《よ》み人《びと》知《し》らず）

「くくたち？」

「大根《だいこん》などの青菜《あおな》のことよ。万葉《まんよう》の昔《むかし》はそういうふうに呼《よ》んでいたみたい」

「へー……って、でもこの歌《うた》、なにを言《い》っているか全然《ぜんぜん》わかんない」

「これはね、上野《こうずけ》の佐野《さの》の青菜《あおな》を摘《つ》んで料理《りょうり》して今年《ことし》もあなたを待《ま》っていますわ、という意味《いみ》。これを詠《よ》んだ女《おんな》の人《ひと》はきっと毎年《まいとし》、都《みやこ》からまた男《おとこ》が任官《にんかん》されて来《く》るんじゃないかって、男《おとこ》が昔《むかし》おいしいと言《い》ってくれた料理《りょうり》を用意《ようい》して待《ま》っているのよ」

「えっ、食《た》べにこないかもしれないのに？」

「せつないわよね、恋《こい》って」

最初《さいしょ》は「和歌《わか》なんて堅苦《かたくる》しくてつまんない」と思《おも》っていたお玉《たま》も、梅子《うめこ》――お万《まん》の話《はなし》を聞《き》いて少《すこ》しは興味《きょうみ》を持《も》ったりしたのですが――。

ここまで思《おも》い出《だ》したお玉《たま》は「あら？」と首《くび》をひねりました。

(お万様《まんさま》は男《おとこ》に興味《きょうみ》なんかないって、ずっと思《おも》っていたけれど……。子《こ》どもの頃《ころ》は夢見《ゆめみ》てたってこと？)

それなら今《いま》、家光《いえみつ》の妻《つま》となりしあわせそうな顔《かお》をしていることに納得《なっとく》がいきます。

(お万様《まんさま》は御家《おいえ》が貧乏《びんぼう》になったために、出家《しゅっけ》を余儀《よぎ》なくされて女《おんな》を捨《す》てたのだわ、きっと)

それは、お玉《たま》がようやく十歳《さい》を過《す》ぎた頃《ころ》のことでした。

「お玉《たま》、今《いま》までありがとう。わたくし、伊勢《いせ》へ行《い》くの。元気《げんき》でね」

「えっ……もう会《あ》えないのですか？」

「……たぶん」

梅子《うめこ》がつらそうな目《め》をしたとたん、お玉《たま》はこう言《い》っていました。

「梅子様《うめこさま》に会《あ》えなくなるなんて嫌《いや》っ！　わたしもついていきます！」

「でも……わたくしは仏《ほとけ》に仕《つか》える身《み》になるのよ？」

「では、わたしも仕《つか》えます、仏《ほとけ》に」

「お玉《たま》、よく考《かんが》えて。あなたには大人《おとな》になってどこかに嫁《とつ》いで、子《こ》どもを産《う》んで……そういう人生《じんせい》が待《ま》っているわ。たぶん、あなたのご両親《りょうしん》はそれを望《のぞ》んでいるはずよ」

「わたしのお父《とう》は死《し》にました。今《いま》の新《あたら》しい父《ちち》にとって、わたしは厄介者《やっかいもの》だから大丈夫《だいじょうぶ》です」

母《はは》の再婚相手《さいこんあいて》は二条家《にじょうけ》に仕《つか》える武士《ぶし》で、お玉《たま》はむっつりした顔《かお》の義父《ぎふ》が苦手《にがて》でしたので、家《いえ》を出《で》るのになんのためらいもなかったのです。

「お玉《たま》……あなた、苦労《くろう》したのね」

梅子《うめこ》が頭《あたま》を撫《な》でてくれ、お玉《たま》の目《め》がうるうると涙《なみだ》ぐみました。

「梅子様《うめこさま》ぁ、一生《いっしょう》ついていきます〜〜」

つん、と指先《ゆびさき》で額《ひたい》を小突《こづ》かれ、お玉《たま》はハッと我《われ》に返《かえ》りました。

「あ、動《うご》いた」

いつのまに来《き》たのか、目《め》の前《まえ》に白《しろ》い夜着《よぎ》を纏《まと》った家光《いえみつ》がいます。

「三《み》つ指《ゆび》をついた姿勢《しせい》で固《かた》まっているから、目《め》を開《あ》けたまま寝《ね》ているのかと思《おも》ったぞ」

「なっ……そんな器用《きよう》なことできません！」

「そうか？　しかし、よく来《き》たな。いつも私《わたし》のことをにらんでいたのに」

「え……わかっていたんですか」

「お万《まん》のそばにいるとき、あれだけ険悪《けんあく》な空気《くうき》を矢《や》のように放《はな》っていれば嫌《いや》でもわかる」

「～～～～っ！」

「それだ、それ。おお、怖《こわ》っ」

ですが、怖《こわ》いと言《い》いつつ、家光《いえみつ》はからからと笑《わら》って楽《たの》しそうです。

（あら？　もしかして、本当《ほんとう》はやっぱりいい人《ひと》……？）

やっぱり、と心《こころ》の中《なか》でつぶやいたのは、しあわせそうなお万《まん》を見《み》ていたからでしょう。

「上様《うえさま》」と、ふたたびお玉《たま》は三《み》つ指《ゆび》をつき、キッと顔《かお》を上《あ》げました。

「わたしはお万様《まんさま》の代《か》わりに上様《うえさま》の子《こ》を産《う》むつもりですので。あ、もちろん男子《おのこ》を！」

すると、家光《いえみつ》の指先《ゆびさき》がお玉《たま》の頬《ほほ》にやさしくふれました。

自分《じぶん》でも知《し》らないうちに、涙《なみだ》がひとすじ流《なが》れていたのです。

「……泣《な》くな。お玉《たま》はお玉《たま》だ。誰《だれ》の代《か》わりでもない」

次《つぎ》の瞬間《しゅんかん》、お玉《たま》は家光《いえみつ》の胸《むね》に抱《だ》き寄《よ》せられたのです。


その後《ご》、お玉《たま》はめでたく身籠《みご》もり——。

正保《しょうほう》3年《ねん》（1646年《ねん》）1月8日《がつようか》、家光《いえみつ》の四男《なん》となる男児《だんじ》——徳松《とくまつ》を産《う》みました。

「宣言通《せんげんどお》りに男子《おのこ》を産《う》むとは、お玉《たま》はたいしたものだ」

家光《いえみつ》はとても喜《よろこ》び、徳松《とくまつ》のために江戸城三《えどじょうさん》の丸《まる》に屋敷《やしき》を建《た》ててくれました。

しかし、五年後《ねんご》の慶安《けいあん》4年《ねん》（1651年《ねん》）に家光《いえみつ》が世《よ》を去《さ》り、お玉《たま》は家光《いえみつ》の妻《つま》のひとりとして菩提《ぼだい》を弔《とむら》うために出家《しゅっけ》し、桂昌院《けいしょういん》と号《ごう》することになりました。

時代《じだい》は家光《いえみつ》の長男《ちょうなん》で十一歳《さい》の幼《おさな》き将軍《しょうぐん》・第四代家綱《だいいえつな》の時代《じだい》へと移《うつ》り——。

そして、約《やく》三十年後《ねんご》、驚《おどろ》く事態《じたい》が起《お》きました。

延宝《えんぽう》8年《ねん》（1680年《ねん》）5月《がつ》、家綱《いえつな》が亡《な》くなったあと、将軍《しょうぐん》の座《ざ》がお玉《たま》の息子《むすこ》の綱吉《つなよし》

(かつての徳松《とくまつ》)のもとに転《ころ》がり込《こ》んできたのです。家綱《いえつな》には後継《あとつぎ》の男児《だんじ》がいなかったため、弟《おとうと》の綱吉《つなよし》に白羽《しらは》の矢《や》が立《た》ったのでした。

家綱《いえつな》が亡《な》くなって、二か月後《げつご》の7月10日《がつとおか》。綱吉《つなよし》が江戸城本丸《えどじょうほんまる》に入《はい》り、その後《ご》、綱吉《つなよし》の家《か》族《ぞく》も神田《かんだ》の屋敷《やしき》から本丸《ほんまる》の大奥《おおおく》に移《うつ》ってきました。生母《せいぼ》の桂昌院《けいしょういん》——お玉《たま》も一緒《いっしょ》です。

(また、ここに戻《もど》ってきたわ。それも、将軍生母《しょうぐんせいぼ》として!!)

ですが、本丸《ほんまる》は幾度《いくど》かの火災《かさい》を経《へ》て建《た》て直《なお》したため、お玉《たま》がいた頃《ころ》とは違《ちが》いました。

なにより江戸城《えどじょう》の象徴《しょうちょう》であった大天守《だいてんしゅ》がありません。明暦《めいれき》の大火《たいか》ののちに建《た》て直《なお》すことはせず、土台《どだい》の天守台《てんしゅだい》だけが残《のこ》っているのです。

お玉《たま》は大奥《おおおく》に用意《ようい》された自分《じぶん》の部屋《へや》に入《はい》ると、庭《にわ》に出《で》ました。

初夏《しょか》の空《そら》は澄《す》み切《き》った青《あお》で、どこまでも広《ひろ》く晴《は》れ渡《わた》っています。

(でも、ここから見上《みあ》げていた空《そら》は同《おな》じ。そう、あの頃《ころ》と同《おな》じ空《そら》の色《いろ》だわ)

お万《まん》の方《かた》は今《いま》、城下《じょうか》で庵《いおり》を結《むす》び、家光《いえみつ》の菩提《ぼだい》を弔《とむら》いながら静《しず》かに暮《く》らしています。

(お子《こ》を産《う》めなかったお万《まん》の方様《かたさま》の分《ぶん》も、わたしは徳川《とくがわ》を支《ささ》えてみせる)

それが、お万《まん》に対《たい》する精一杯《せいいっぱい》の恩返《おんがえ》しなのだと、お玉《たま》は思《おも》ったのでした。

大奥《おおおく》 将軍《しょうぐん》に愛《あい》された女《おんな》たち 春日局《かすがのつぼね》、お万《まん》の方《かた》 ほか

用語集《ようごしゅう》

●乳母（うば）
母親《ははおや》に代《か》わって乳児《にゅうじ》に授乳《じゅにゅう》し、養育《よういく》する女性《じょせい》。めのとともいう。

●関白（かんぱく）
天皇《てんのう》を補佐《ほさ》し、政務《せいむ》をつかさどる役職《やくしょく》。

●行幸（ぎょうこう）
天皇《てんのう》が内裏《だいり》から外出《がいしゅつ》すること。みゆき、ともいう。

●京都所司代（きょうとしょしだい）
江戸幕府《えどばくふ》の職名《しょくめい》で、京都《きょうと》の市政《しせい》、朝廷《ちょうてい》の守護《しゅご》・監察《かんさつ》、関西《かんさい》～西国《さいごく》の監視《かんし》などを行《おこな》った。

●還俗（げんぞく）
一度《いちど》出家《しゅっけ》して仏門《ぶつもん》に入《はい》った僧《そう》・尼《あま》が、元《もと》の世俗《せぞく》の人《ひと》に戻《もど》ること。

●参勤交代（さんきんこうたい）
江戸時代《えどじだい》、大名《だいみょう》を一定期間《いっていきかん》江戸《えど》で幕府《ばくふ》に出仕《しゅっし》させた制度《せいど》。第《だい》三代将軍《だいしょうぐん》家《いえ》光《みつ》の武家諸法度《ぶけしょはっと》改正《かいせい》で制度化《せいどか》された。

●入内（じゅだい）
皇后《こうごう》や中宮《ちゅうぐう》、女御《にょうご》となる人《ひと》が、内裏《だいり》に入《はい》ること。天皇《てんのう》に嫁《とつ》ぐこと。

●正室（せいしつ）
身分《みぶん》の高《たか》い人《ひと》の正妻《せいさい》。戦国《せんごく》や江戸時代《えどじだい》で、一夫多妻制《いっぷたさいせい》をとった、将軍《しょうぐん》、大名《だいみょう》などの本妻《ほんさい》。

●関ヶ原の戦い（せきがはらのたたかい）
1600年《ねん》、徳川家康《とくがわいえやす》率《ひき》いる東軍《とうぐん》と、石田三成《いしだみつなり》を中心《ちゅうしん》とした反徳川勢力《はんとくがわせいりょく》の西軍《せいぐん》が、美濃国関ヶ原《みののくにせきがはら》で行《おこな》った合戦《かっせん》。天下分《てんかわ》け目《め》の戦《たたか》いと言《い》われる。

●側室（そくしつ）
正室以外《せいしついがい》の妻《つま》のこと。儒教《じゅきょう》の教《おし》えから、将軍《しょうぐん》や大名《だいみょう》などの後継者《こうけいしゃ》を絶《た》やさぬため、多《おお》く公認《こうにん》された。

●中宮（ちゅうぐう）
皇后《こうごう》の別称《べっしょう》。

●徳川御三家（とくがわごさんけ）
家康《いえやす》の息子《むすこ》を祖《そ》とする尾張家《おわりけ》、紀伊家《きいけ》、水戸家《みとけ》の総称《そうしょう》。将軍《しょうぐん》に後継《あとつぎ》がいない場合《ばあい》、将軍職《しょうぐんしょく》を継《つ》ぐ特典《とくてん》が与《あた》えられていた。

●本能寺の変（ほんのうじのへん）
1582年《ねん》、明智光秀《あけちみつひで》が主君《しゅくん》織田信《おだのぶ》長《なが》を京都《きょうと》・本能寺《ほんのうじ》で討《う》った戦《たたか》い。

●御台所（みだいどころ）
将軍《しょうぐん》の正妻《せいさい》。

●山崎の戦い（やまざきのたたかい）
1582年《ねん》、羽柴秀吉《はしばひでよし》が、本能寺《ほんのうじ》の変《へん》の直後《ちょくご》に、山城国《やましろのくに》、山崎《やまざき》で明智光《あけちみつ》秀《ひで》を討《う》った戦《たたか》い。

●落飾（らくしょく）
身分《みぶん》の高《たか》い人《ひと》が、髪《かみ》をそり落《お》として仏門《ぶつもん》に入《はい》ること。

●猶子（ゆうし）
兄弟《きょうだい》、親類《しんるい》や、他人《たにん》の子《こ》と、親子関《おやこかん》係《けい》を結《むす》ぶ制度《せいど》。

大《おお》奥《おく》 将軍《しょうぐん》に愛《あい》された女《おんな》たち 春日局《かすがのつぼね》、お万《まん》の方《かた》 ほか 年表《ねんぴょう》

1579年《ねん》（天正《てんしょう》7年《ねん》）	福《ふく》（春日局《かすがのつぼね》）、丹波《たんば》に生《う》まれる
1582年《ねん》（天正《てんしょう》10年《ねん》）	本能寺《ほんのうじ》の変《へん》。山崎《やまざき》の戦《たたか》い
1598年《ねん》（慶長《けいちょう》3年《ねん》）	太閤《たいこう》・豊臣秀吉《とよとみひでよし》、死去《しきょ》
1600年《ねん》（慶長《けいちょう》5年《ねん》）	関ヶ原《せきがはら》の戦《たたか》い
1602年《ねん》（慶長《けいちょう》7年《ねん》）	鷹司孝子《たかつかさたかこ》、京《きょう》に生《う》まれる
1603年《ねん》（慶長《けいちょう》8年《ねん》）	徳川家康《とくがわいえやす》、江戸《えど》に幕府《ばくふ》を開《ひら》き、初代将軍《しょだいしょうぐん》に就任《しゅうにん》 千《せん》、豊臣秀頼《とよとみひでより》に嫁《とつ》ぎ、大坂城《おおさかじょう》へ
1604年《ねん》（慶長《けいちょう》9年《ねん》）	江《ごう》、長男《ちょうなん》・竹千代《たけちよ》（のちの家光《いえみつ》）を産《う》む 福《ふく》、家光《いえみつ》の乳母《うば》になる
1605年《ねん》（慶長《けいちょう》10年《ねん》）	秀忠《ひでただ》、第《だい》二代将軍《だいしょうぐん》に就任《しゅうにん》
1606年《ねん》（慶長《けいちょう》11年《ねん》）	江《ごう》、次男《じなん》・国松《くにまつ》（のちの忠長《ただなが》）を産《う》む
1607年《ねん》（慶長《けいちょう》12年《ねん》）	江《ごう》、五女《ごじょ》・松《まつ》（のちの和子《まさこ》）を産《う》む
1615年《ねん》（慶長《けいちょう》20年《ねん》）	大坂夏《おおさかなつ》の陣《じん》・豊臣家滅亡《とよとみけめつぼう》。千《せん》、江戸《えど》へ戻《もど》る
1616年《ねん》（元和《げんな》2年《ねん》）	家康《いえやす》、死去《しきょ》。千《せん》、本多家《ほんだけ》に再嫁《さいか》
1620年《ねん》（元和《げんな》6年《ねん》）	家光《いえみつ》、忠長《ただなが》、元服《げんぷく》 松《まつ》、和子《まさこ》と改《あらた》め、後水尾天皇《ごみずのおてんのう》の中宮《ちゅうぐう》になる
1621年《ねん》（元和《げんな》7年《ねん》）	お楽《らく》の方《かた》、下野《しもつけ》に生《う》まれる
1623年《ねん》（元和《げんな》9年《ねん》）	福《ふく》、大奥総取締《おおおくそうとりしまり》になる 家光《いえみつ》、第《だい》三代将軍《だいしょうぐん》に就任《しゅうにん》 鷹司孝子《たかつかさたかこ》、家光《いえみつ》との結婚《けっこん》のために京《きょう》から江戸《えど》へ下《くだ》る 和子《まさこ》、第《だい》一皇女《こうじょ》（のちの明正天皇《めいしょうてんのう》）を産《う》む
1625年《ねん》（寛永《かんえい》2年《ねん》）	鷹司孝子《たかつかさたかこ》、家光《いえみつ》に嫁《とつ》ぐ
1626年《ねん》（寛永《かんえい》3年《ねん》）	秀忠《ひでただ》、家光《いえみつ》、忠長《ただなが》、上洛《じょうらく》。二条城行幸《にじょうじょうぎょうこう》 江《ごう》、死去《しきょ》
1629年《ねん》（寛永《かんえい》6年《ねん》）	家光《いえみつ》、疱瘡《ほうそう》にかかる

	紫衣事件《しえじけん》、はじまる
	福《ふく》、朝廷《ちょうてい》より春日局《かすがのつぼね》の称号《しょうごう》を賜《たまわ》る
1632年《ねん》（寛永《かんえい》9年《ねん》）	秀忠《ひでただ》、死去《しきょ》
1633年《ねん》（寛永《かんえい》10年《ねん》）	忠長《ただなが》、自刃《じじん》
1637年《ねん》（寛永《かんえい》14年《ねん》）	お振《ふり》の方《かた》、千代姫《ちよひめ》（家光《いえみつ》の長女《ちょうじょ》）を産《う》む
	島原《しまばら》の乱《らん》、勃発《ぼっぱつ》（翌年《よくねん》、鎮圧《ちんあつ》）
1639年《ねん》（寛永《かんえい》16年《ねん》）	お万《まん》の方《かた》、お玉《たま》の方《かた》、江戸《えど》へ入《はい》る
	千代姫《ちよひめ》、尾張徳川家《おわりとくがわけ》へ嫁《とつ》ぐ
	お万《まん》の方《かた》、家光《いえみつ》の側室《そくしつ》になる
1640年《ねん》（寛永《かんえい》17年《ねん》）	お振《ふり》の方《かた》、死去《しきょ》
1641年《ねん》（寛永《かんえい》18年《ねん》）	お楽《らく》の方《かた》、家綱《いえつな》（家光《いえみつ》の長男《ちょうなん》）を産《う》む
1643年《ねん》（寛永《かんえい》20年《ねん》）	春日局《かすがのつぼね》、死去《しきょ》
1644年《ねん》（寛永《かんえい》21年《ねん》）	お夏《なつ》の方《かた》、綱重《つなしげ》（家光《いえみつ》の三男《さんなん》）を産《う》む
1646年《ねん》（正保《しょうほう》3年《ねん》）	お玉《たま》の方《かた》（桂昌院《けいしょういん》）、綱吉《つなよし》（家光《いえみつ》の四男《よんなん》）を産《う》む
1651年《ねん》（慶安《けいあん》4年《ねん》）	家光《いえみつ》、死去《しきょ》。家綱《いえつな》、第《だい》四代将軍《だいしょうぐん》に就任《しゅうにん》
1652年《ねん》（承応元《じょうおうがん》年《ねん》）	お楽《らく》の方《かた》、死去《しきょ》
1657年《ねん》（明暦《めいれき》3年《ねん》）	明暦《めいれき》の大火《たいか》
	家綱《いえつな》、浅宮顕子《あさのみやあきこ》と結婚《けっこん》
1666年《ねん》（寛文《かんぶん》6年《ねん》）	千《せん》、死去《しきょ》
1676年《ねん》（延宝《えんぽう》4年《ねん》）	浅宮顕子《あさのみやあきこ》、死去《しきょ》
1677年《ねん》（延宝《えんぽう》5年《ねん》）	お満流《まり》の方《かた》、家綱《いえつな》の側室《そくしつ》になる
1678年《ねん》（延宝《えんぽう》6年《ねん》）	お満流《まり》の方《かた》、流産《りゅうざん》
1680年《ねん》（延宝《えんぽう》8年《ねん》）	家綱《いえつな》、死去《しきょ》。綱吉《つなよし》、第《だい》五代将軍《だいしょうぐん》に就任《しゅうにん》
	綱吉生母《つなよしせいぼ》・桂昌院《けいしょういん》（お玉《たま》の方《かた》）が大奥《おおおく》の実権《じっけん》を握《にぎ》る

大《おお》奥《おく》 将軍《しょうぐん》に愛《あい》された女《おんな》たち 春日局《かすがのつぼね》、お万《まん》の方《かた》 ほか

参考《さんこう》文献《ぶんけん》

★『徳川将軍15代　264年の血脈と抗争』山本博文：著（小学館）

★『大奥学事始め　女のネットワークと力』山本博文：著（NHK出版）

★『大奥列伝　ヒロインたちの「しきたり」と「おきて」』
山本博文：監修（世界文化社）

★『面白いほどわかる　大奥のすべて』山本博文：著（中経出版）

★『江戸城・大奥の秘密』安藤優一郎：著（文藝春秋）

★『春日局　知られざる実像』小和田哲男：著（吉川弘文館）

★『江戸城「大奥」の謎　教科書に出てこない歴史の裏側』
中江克己：著（KKベストセラーズ）

★『徳川家光　我等は固よりの将軍に候』野村玄：著（ミネルヴァ書房）

★『春日局　今日は火宅を遁れぬるかな』福田千鶴：著（ミネルヴァ書房）

★『大奥を創った女たち』福田千鶴：著（吉川弘文館）

★『江の生涯　徳川将軍家御台所の役割』福田千鶴：著（中央公論新社）

★『江戸城大奥100話』安西篤子：監修（立風書房）

★『新版 知れば知るほど面白い　徳川将軍十五代』大石学：監修（実業之日本社）

★『江戸に向かう公家たち　みやこと幕府の仲介者』田中暁龍：著（吉川弘文館）

★『春日忌講演録　平成二十八年「春日局の役割とその生涯」』
田端泰子：講師　天澤山　麟祥院：発行

★『春日忌講演録　平成三十年「お福の父斎藤利三と母おあん」』
小和田哲男：講師　天澤山　麟祥院：発行

★『川越　星野山　喜多院』有元修一：著　川越大師喜多院：発行

あとがき　――大奥《おおおく》の光《ひかり》と影《かげ》――

みなさん、こんにちは。藤咲《ふじさき》あゆなです。

『大奥《おおおく》　将軍《しょうぐん》に愛《あい》された女《おんな》たち　春日局《かすがのつぼね》、お万《まん》の方《かた》ほか』は、楽《たの》しんでいただけたでしょうか。城《しろ》の奥向《おくむき》は、城主《じょうしゅ》の妻《つま》や子《こ》どもたちが暮《く》らすところです。「大奥《おおおく》」という名称《めいしょう》は江《え》戸幕府《どばくふ》の将軍《しょうぐん》の住《す》まう江戸城《えどじょう》のみで使《つか》われた言葉《ことば》で、諸大名《しょだいみょう》の城《しろ》では「奥《おく》」と呼《よ》ばれていました。ですので、「大奥《おおおく》」という言葉《ことば》を聞《き》くだけで、〝江戸城《えどじょう》の奥向《おくむき》〟を指《さ》すのだとわかります。

大奥《おおおく》は江戸《えど》初期《しょき》、第《だい》二代将軍《だいしょうぐん》・徳川秀忠《とくがわひでただ》の時代《じだい》にはじまり、幕末《ばくまつ》の第《だい》十五代将軍《だいしょうぐん》・慶喜《よしのぶ》の時代《じだい》、江戸城無血開城《えどじょうむけつかいじょう》にて二百年以上《ねんいじょう》にわたる歴史《れきし》に幕《まく》を下《お》ろしました。（幕末《ばくまつ》の大奥《おおおく》のお話《はなし》はシリーズ既刊《きかん》『幕末姫《ばくまつひめ》　―葵《あおい》の章《しょう》―』をぜひ！）。

本書《ほんしょ》では、秀忠《ひでただ》から第《だい》三代将軍《だいしょうぐん》・家光《いえみつ》、第《だい》四代《だい》・家綱《いえつな》、第《だい》五代《だい》・綱吉《つなよし》の時代《じだい》を描《えが》き、将《しょう》軍《ぐん》の正室《せいしつ》（御台所《みだいどころ》）や側室《そくしつ》、乳母《うば》として生《い》きた女性《じょせい》たちを取《と》り上《あ》げました。

それでは、いつものようにコメントしていきましょう。

「**春日局**《かすがのつぼね》」。初代《しょだい》・大奥総取締《おおおくそうとりしまり》と呼《よ》ばれる彼女《かのじょ》。総取締《そうとりしまり》という呼《よ》び方《かた》は、当時《とうじ》はなかったと言《い》われていますが、本書《ほんしょ》ではわかりやすくするために使用《しよう》しました。

彼女《かのじょ》の働《はたら》きぶりのおかげか、元夫《もとおっと》・稲葉正成《いなばまさなり》も徳川《とくがわ》に召《め》し出《だ》され、大名《だいみょう》に復帰《ふっき》。

家光《いえみつ》の小姓《こしょう》になった息子《むすこ》の正勝《まさかつ》（千熊《せんくま》）は、のちに老中《ろうじゅう》となり、小田原藩《おだわらはん》八万五千石《ごく》に。

お楽《らく》の方《かた》の話《はなし》で登場《とうじょう》した堀田正盛《ほったまさもり》は春日《かすが》の元夫《もとおっと》・正成《まさなり》の先妻《せんさい》が産《う》んだ娘《むすめ》・まんの子《こ》で、春日《かすが》には義理《ぎり》の孫《まご》にあたります。彼《かれ》は家光《いえみつ》の小姓《こしょう》から老中《ろうじゅう》へと出世《しゅっせ》。彼《かれ》の息子《むすこ》の正俊《まさとし》は家《いえ》綱《つな》の小姓《こしょう》からスタートし、綱吉《つなよし》の時代《じだい》に大老《たいろう》になっています。このように、春日《かすが》は見事《みごと》に稲葉《いなば》の血筋《ちすじ》を盛《も》り立《た》てたのです。

ちなみに、春日局《かすがのつぼね》がお伊勢《いせ》参《まい》りと偽《いつわ》って家康《いえやす》に直訴《じきそ》したという事件《じけん》は諸説《しょせつ》ありますが、本書《ほんしょ》では慶長《けいちょう》16年《ねん》（1611年《ねん》）説《せつ》を採《と》りました。また、今回《こんかい》、喜多院《きたいん》（埼玉県川越市《さいたまけんかわごえし》）に残《のこ》る「春日局化粧《かすがのつぼねけしょう》の間《ま》」など、江戸城《えどじょう》から移築《いちく》した建物《たてもの》を見学《けんがく》し、特別《とくべつ》にご住職《じゅうしょく》に案内《あんない》していただきました。この場《ば》を借《か》りて御礼《おんれい》申《もう》し上《あ》げます。

「**鷹司孝子**《たかつかさたかこ》」。家光《いえみつ》は男性《だんせい》のほうが好《す》きで、若《わか》い頃《ころ》は女《おんな》に興味《きょうみ》を持《も》てなかったようです。そこへ気位《きぐらい》の高《たか》い公家《くげ》の姫《ひめ》が嫁《とつ》いできたのですから、うまくいくわけがありません。しかし、彼女《かのじょ》の弟《おとうと》（なんと三十五歳下《さいした》）の信平《のぶひら》が姉《あね》を頼《たよ》って江戸《えど》へ来《き》たとき、家光《いえみつ》は歓迎《かんげい》し、旗本《はたもと》にしています。孝子《たかこ》は晩年《ばんねん》、一度《いちど》、京《きょう》へ里帰《さとがえ》りしているのですが、ふたたび江戸《えど》へ戻《もど》り、その十年後《ねんご》に七十三歳《さい》の長寿《ちょうじゅ》をまっとうしました。

「**お振《ふり》の方《かた》**」。家光《いえみつ》が持《も》った初《はじ》めての側室《そくしつ》。家光《いえみつ》の初《はじ》めての子《こ》である千代姫《ちよひめ》を産《う》みますが、その後《ご》、病《やまい》がちに……。千代姫《ちよひめ》の嫁入《よめい》り道具《どうぐ》で『源氏物語《げんじものがたり》』の「初音《はつね》」や「胡蝶《こちょう》」の巻《かん》を題材《だいざい》にした「初音《はつね》の調度《ちょうど》」（国宝《こくほう》）は有名《ゆうめい》です。

「**お万《まん》の方《かた》**」。伊勢慶光院《いせけいこういん》の歴代院主《れきだいいんじゅ》の中《なか》に、お万《まん》に当《あ》たる人物《じんぶつ》はいないと言《い》われていますが、本書《ほんしょ》では通説《つうせつ》を取《と》りました。六条家《ろくじょうけ》の姫《ひめ》というのも確証《かくしょう》がないとか……。お万《まん》は鷹司孝子《たかつかさたかこ》の嫁入《よめい》りに伴《ともな》い、京《きょう》から江戸《えど》へ下向《げこう》したという説《せつ》もあります。後年《こうねん》、お梅《うめ》の方《かた》と呼《よ》ばれ、「明暦《めいれき》の大火《たいか》」の際《さい》には鷹司孝子《たかつかさたかこ》を守《まも》って避難《ひなん》したそうですので、その真偽《しんぎ》はともかく、同《おな》じ京《きょう》の公家出身《くげしゅっしん》ということで他《ほか》の女《おんな》たちよりは親密《しんみつ》な仲《なか》だったのかもしれません。

「**お楽《らく》の方《かた》**」。罪人《ざいにん》の娘《むすめ》から将軍生母《しょうぐんせいぼ》へ。父《ちち》の苗字《みょうじ》は青木《あおき》ですが、罪人《ざいにん》として処刑《しょけい》されたので、それを憚《はばか》り、彼女《かのじょ》の実家《じっか》は母方《ははかた》の増山姓《ましやませい》を名乗《なの》るように言《い》われました。

姉《あね》は今川氏真《いまがわうじざね》の孫《まご》に嫁《とつ》ぎ、弟《おとうと》たちは姉《あね》のおかげで出世《しゅっせ》し、それぞれ、三河西尾《みかわにしお》、下野烏山《しもつけからすやま》の大名《だいみょう》に。姪《めい》（上《うえ》の弟《おとうと》の娘《むすめ》）の不卯姫《ふうひめ》は弘前藩主《ひろさきはんしゅ》・津軽信政《つがるのぶまさ》に嫁《とつ》いでいます。母《はは》の紫《むらさき》も将軍《しょうぐん》の祖母《そぼ》として大事《だいじ》にされ、長寿《ちょうじゅ》をまっとうしています。

「お夏《なつ》の方《かた》」。お湯殿《ゆどの》の係《かかり》から将軍《しょうぐん》の側室《そくしつ》へ。彼女《かのじょ》の産《う》んだ家光《いえみつ》の三男《なん》・長松《ちょうまつ》（のちの甲府宰相《こうふさいしょう》・綱重《つなしげ》）は、かわいそうに忌《い》み子扱《ごあつか》いになりましたが、千姫《せんひめ》（天寿院《てんじゅいん》／没後《ぼつご》、天樹院《てんじゅいん》）が養母《ようぼ》になってくれたのは不幸中《ふこうちゅう》の幸《さいわ》いだったと思《おも》います。家光《いえみつ》としては、乳幼児《にゅうようじ》の死亡率《しぼうりつ》の高《たか》い時代《じだい》ですので、長男《ちょうなん》、次男《じなん》がもし亡《な》くなったときは、長幼《ちょうよう》の序《じょ》に従《したが》って三男《なん》を後継《あとつぎ》にする可能性《かのうせい》もある、と考《かんが》えたのでしょう。のちに、綱重《つなしげ》の息子《むすこ》・家宣《いえのぶ》が第《だい》六代将軍《だいしょうぐん》となるのですが、残念《ざんねん》ながら、お夏《なつ》も綱重《つなしげ》もこれを見《み》ることなく亡《な》くなっています。

「お満流《まり》の方《かた》」。名前《なまえ》の読《よ》み方《かた》は「おまる」または「おまり」（私《わたし》は福田千鶴《ふくだちづる》先生《せんせい》の著書《ちょしょ》から「おまり」としました）。家綱《いえつな》の寵愛《ちょうあい》を受《う》けたお満流《まり》の方《かた》の懐妊《かいにん》がわかった際《さい》、彼女《かのじょ》の実家《じっか》にはお祝《いわ》いの品《しな》を届《とど》けに来《き》た人《ひと》たちで行列《ぎょうれつ》ができるほどだったと言《い》われています。が、残念《ざんねん》ながら流産《りゅうざん》してしまい……。庭《にわ》を散歩中《さんぽちゅう》、裾《すそ》を踏《ふ》まれて転《ころ》んだせいだという噂《うわさ》も。

家綱《いえつな》の逝去後《せいきょご》、彼女《かのじょ》は二度目《どめ》の流産《りゅうざん》を経験《けいけん》し、家綱《いえつな》の菩提《ぼだい》を弔《とむら》うため、まだ十代《だい》の若《わか》さで出家《しゅっけ》。桜田屋敷《さくらだやしき》に移《うつ》り、三十歳《さい》で没《ぼっ》するまで籠《かご》の鳥状態《とりじょうたい》で暮《く》らしました。

「桂昌院《けいしょういん》（お玉《たま》の方《かた》）」。序章《じょしょう》と終章《しゅうしょう》で主人公《しゅじんこう》として書《か》いた彼女《かのじょ》は、お万《まん》の方《かた》の部屋子《へやこ》であったと言《い》われ、お夏《なつ》の方《かた》とは仲《なか》が悪《わる》かったと言《い》われています。お玉《たま》が家光《いえみつ》の四男《なん》・綱吉《つなよし》を出産後《しゅっさんご》まもなく、家光《いえみつ》はかわいい我《わ》が子《こ》のために三《さん》の丸《まる》に新《あたら》しく屋敷《やしき》を建《た》てたそうですので、お夏《なつ》がおもしろく思《おも》わないのは当然《とうぜん》ですね……。

では、ここでもうひとり将軍《しょうぐん》の妻《つま》をご紹介《しょうかい》します。

「浅宮顕子《あさのみやあきこ》」（１６４０〜１６７６）

第四代将軍《だいよんだいしょうぐん》・家綱《いえつな》の正室《せいしつ》となった浅宮《あさのみや》は伏見宮家《ふしみのみやけ》の姫《ひめ》でした。彼女《かのじょ》は家綱《いえつな》よりひとつ年上《としうえ》で、この縁組《えんぐみ》は千姫《せんひめ》と和子《まさこ》（東福門院《とうふくもんいん》）の姉妹《しまい》により進《すす》められたようです。江戸《えど》へ下向《げこう》した際《さい》、浅宮《あさのみや》は千姫《せんひめ》のもとで旅装《りょそう》を解《と》いたのち、そこから輿入《こしい》れしています。

当時《とうじ》は明暦《めいれき》の大火《たいか》（明暦《めいれき》３年《ねん》／１６５７年《ねん》）から数《すう》か月《げつ》でしたので、祝宴《しゅくえん》は質素《しっそ》に行《おこな》われたとか。なにはともあれ浅宮《あさのみや》が嫁《とつ》いだことで、二年後《ねんご》の万治《まんじ》２年《ねん》（１６５９年《ねん》）９月《がつ》、三十四年《ねん》ぶりに御台所《みだいどころ》という敬称《けいしょう》が復活《ふっかつ》。彼女《かのじょ》はまもなく家綱《いえつな》とは不仲《ふなか》になったと言《い》われていますが、儀式《ぎしき》の場《ば》では御台所《みだいどころ》としての務《つと》めを果《は》たしていたようです。

結婚《けっこん》して十九年後《ねんご》、浅宮《あさのみや》は乳《にゅう》がんに侵《おか》され、病《やまい》の床《とこ》につきました。心配《しんぱい》した家綱《いえつな》が医者《いしゃ》に診《み》せるように言《い》っても、「(下々《しもじも》の者《もの》に)肌《はだ》をさわらせるなどもってのほか」と公家《くげ》のプライドを貫《つらぬ》き、脈《みゃく》も手首《てくび》に糸《いと》を結《むす》んで測《はか》らせたとか。これではまともな治療《ちりょう》が受《う》けられるはずもなく……。三十七歳《さい》の若《わか》さでこの世《よ》を去《さ》りました。

さて、ここまでお読《よ》みいただき、ありがとうございました！

続《つづ》きが出《だ》せるなら、第《だい》五代将軍《だいしょうぐん》・綱吉《つなよし》の時代《じだい》からはじめたいと思《おも》います。

綱吉《つなよし》は男《おとこ》だらけの大奥《おおおく》を作《つく》ろうとした？　天下《てんか》の悪法《あくほう》・生類憐《しょうるいあわれ》みの令《れい》、日本三大仇討《にほんさんだいあだうち》のひとつ忠臣蔵《ちゅうしんぐら》(赤穂浪士事件《あこうろうしじけん》)は、どちらも綱吉生母《つなよしせいぼ》の桂昌院《けいしょういん》が深《ふか》く関《かか》わっていた？　などなど、時代《じだい》が進《すす》んでも、あっと驚《おどろ》く話《はなし》がてんこ盛《も》り。というわけで、お読《よ》みになりたい方《かた》は、どんどんリクエストをお寄《よ》せくださいね！　待《ま》ってまーす！

それでは、次《つぎ》の本《ほん》でお会《あ》いしましょう。

藤咲《ふじさき》あゆな

集英社みらい文庫

大奥《おおおく》

将軍《しょうぐん》に愛《あい》された女《おんな》たち
春日局《かすがのつぼね》、お万《まん》の方《かた》 ほか

藤咲《ふじさき》あゆな 作

マルイノ 絵

ファンレターのあて先
〒101-8050 東京都千代田区一ツ橋2-5-10 集英社みらい文庫編集部
いただいたお便りは編集部から先生におわたしいたします。

2025年1月29日 第1刷発行

発行者 今井孝昭
発行所 株式会社 集英社
〒101-8050 東京都千代田区一ツ橋2-5-10
電話 編集部 03-3230-6246
読者係 03-3230-6080
販売部 03-3230-6393（書店専用）
https://miraibunko.jp
装丁 小松 昇（Rise Design Room） 中島由佳理
印刷 大日本印刷株式会社 TOPPAN株式会社
製本 大日本印刷株式会社

★この作品はフィクションです。実在の人物・団体・事件などにはいっさい関係ありません。
ISBN978-4-08-321887-3 C8293 N.D.C.913 190P 18cm

「みらい文庫《ぶんこ》」読者《どくしゃ》のみなさんへ

言葉《ことば》を学《まな》ぶ、感性《かんせい》を磨《みが》く、創造力《そうぞうりょく》を育《はぐく》む……、読書《どくしょ》は「人間力《にんげんりょく》」を高《たか》めるために欠《か》かせません。

たった一枚《いちまい》のページをめくる向《む》こう側《がわ》に、未知《みち》の世界《せかい》、ドキドキのみらいが無限《むげん》に広《ひろ》がっている。これこそが「本《ほん》」だけが持《も》っているパワーです。

学校《がっこう》の朝《あさ》の読書《どくしょ》に、休《やす》み時間《じかん》に、放課後《ほうかご》に……。いつでも、どこでも、すぐに続《つづ》きを読《よ》みたくなるような、魅力《みりょく》に溢《あふ》れる本《ほん》をたくさん揃《そろ》えていきたい。読書《どくしょ》がくれる、心《こころ》がきらきらしたり胸《むね》がきゅんとする瞬間《しゅんかん》を体験《たいけん》してほしい、楽《たの》しんでほしい。みらいの日本《にほん》、そして世界《せかい》を担《にな》うみなさんが、やがて大人《おとな》になった時《とき》、「読書《どくしょ》の魅力《みりょく》を初《はじ》めて知《し》った本《ほん》」「自分《じぶん》のおこづかいで初《はじ》めて買《か》った一冊《いっさつ》」と思《おも》い出《だ》してくれるような作品《さくひん》を一所懸命《いっしょけんめい》、大切《たいせつ》に創《つく》っていきたい。

そんないっぱいの想《おも》いを込《こ》めながら、作家《さっか》の先生方《せんせいがた》と一緒《いっしょ》に、私《わたし》たちは素敵《すてき》な本作《ほんづく》りを続《つづ》けていきます。「みらい文庫《ぶんこ》」は、無限《むげん》の宇宙《うちゅう》に浮《う》かぶ星《ほし》のように、夢《ゆめ》をたたえ輝《かがや》きながら、次々《つぎつぎ》と新《あたら》しく生《う》まれ続《つづ》けます。

本《ほん》を持《も》つ、その手《て》の中《なか》に、ドキドキするみらい――。

本《ほん》の宇宙《うちゅう》から、自分《じぶん》だけの健《すこ》やかな空想力《くうそうりょく》を育《そだ》て、〝みらいの星《ほし》〟をたくさん見《み》つけてください。

そして、大切《たいせつ》なこと、大切《たいせつ》な人《ひと》をきちんと守《まも》る、強《つよ》くて、やさしい大人《おとな》になってくれることを心《こころ》から願《ねが》っています。

2011年《ねん》　春《はる》

集英社《しゅうえいしゃ》みらい文庫編集部《ぶんこへんしゅうぶ》